KB269660

조금만
더 일찍
나를
알았더라면

조금만 더 일찍 나를 알았더라면

휴 프레이더 지음 | 오현수 옮김

큰나무

왜 하필 지금인가

1960년대 후반, 나는 《나에게 보내는 편지》를 썼고 1970년에 출간했다. 이제 한 명의 작가로서 돌아볼 때, 그 작품은 어떤 면에서는 당시를 초월했지만 많은 면에서는 그렇지 못했다.

의심할 여지없이 우리는 소위 자기 시험, 자기 만족, 자기 표현, 개별성이나 분리된 자아에 대한 수많은 논점이 쏟아졌던 그 시대로부터 많은 것을 배워 왔다. 지금은 '자기 본위'라는 말조차 긍정적인 의미로 바뀌었다.

한 공동체로서 우리는 그 시대에서부터 느슨해진 수많은 목표를 바짝 조이고 있다. 나는 아내와 함께 '다른 부부와 부모를 위한 단체’를 운영하는데, 우리는 거기에서 ‘다른 사람에게 베풀기 전에 너부터 채워라’라거나 ‘넌 다른 사람까지 행복하게 만들 수 없다. 너 자신만 행복하게 할 수 있을 뿐이다’라거나 가장 서글픈 믿음인 ‘부모로서의 권리를 찾아야 한다. 우리는 아이들의 하인이 아니다’라는 미신을 고집스럽게 신봉하는 사람들을 대하고 있다.

《나에게 보내는 편지》에는 비연속적이고 반봉사적인 자아에 대한 이런 유형의 몰두가 일부 담겨 있다. 그 작품의 저변에는 우리가 내밀한 감정, 행동 양식, 생각, 꿈, 다른 사람에 대한 반응으로부터 우리 자신을 배울 수 있다는 약속을 깔고 있다.

내가 더 많이 의식할수록 자신을 더 많이 향상시킬 수 있고, 그 향상은 내 인생의 전반에 걸쳐 다른 객체에게 접근하는 쪽으로 이루어진다는 식이다.

그런 가정은 불완전하지만 그리 많이 틀리진 않았다. 틀림없이, 우리의 가슴속을 들여다보고 우리가 믿는 것을 살피는 것은 좋은 일이다. 우리의 감정은 여러 겹으로 중첩되어 있어 깊이 파고들수록 더욱 사랑스럽고 일체화가 될 것이다.

하지만 그 시점에서 나는 우리가 여전히 동량의 사랑과 공포로 이루어지고, 상처를 치료하고픈 욕망과 상처를 내고 싶은 욕망을 동시에 가진다고 생각했다. 즉, 그 두 가지를 구별하면서도 동일시한 것이다. 이러한 생각은 아주 느린 과정을 밟아 수정되어 왔다.

이제 나는 아주 소립자적인 자신과 '자아', '일체', '더 내밀한 자신' 사이에 존재하는 크나큰 골을 더 확실하게 볼 수 있다.

1970년대는 자아 증대에 대한 보편적인 열중의 출현기로 기록된다. 감수성 단체, 의식을 성장시키는 단체, 교우 단체가 난립했고 각종 서적과 연설가들이 우리에게 자기 자신을 사랑하고 자신의 감정을 '존중'하라고 강권하는 흐름을 일궜다. 이러한 동향이 매우 좋았다 해도, 그 현저한 특징은 이상적이었다.

즉, 무엇보다 우리는 자아의 욕구를 규정하고 우리 자신을 그 자아에 부합시켜야 했다. 게다가 우리 자아의 욕구가 무의식적으로 작용해서는 안 되는 것이었다.

하지만 인생에서 자아의 욕구에 부합하는 것이 우리의 원초적인 핵심이 될 때, 우리는 한 번도 포착하지 못한 것을 이제 반드시 가져야 한다는 중압감에 사로잡힌다. 이런 태도는 꽤 개별적으로 보편적인 외양과 달리 '위력 증가하기'가 전혀 아니다.

우리 안에는 우리의 분리된 감정, 분리된 견해, 다른 사람과 일체감을 느껴야 한다는 분리된 의사보다 더 큰 힘의 근원이 내재한다.

한 명의 이기적인 사람은 아무것도 교차하지 않는 단일한 선과 같다. 그 선을 더욱 두껍고 길게 만드는 일은 인상적일 테지만 결국 아무것도 완수하지 못한다.

만일 우리가 개인적인 상이함에 온 힘을 기울인다면 우리는 고독과 상실감을 향한 막다른 길을 달리게 된다.

오늘날 너무도 많은 사람이 시시한 승리와, 아무도 상관하지 않는(왜냐하면 그들 자신이 아무도 상관하지 않으니까) 무의미한 희열감의 목록을 꼭 껴안은 채 생을 마감하고 있다. 그럼에도 우리의 일체성에 대한 요청이 불신과 면박을 당하는 실정이다. 다수의 세상에서 그 요청은 최대의 농담거리이고, 더 나쁘게는 불온한 외침이다.

《나에게 보내는 편지》를 저술했을 때, 나는 우리를 하나로 묶는 경험이 부족했다. 나는 일체성의 개념에 대해 장광설을 늘어놓았지만, 그것은 여전히 그저 철학이자 수많은 이념 가운데 하나였다. 또 다른 초기 작품 속에서 나는 '걷어차이고 울부짖으며 끌려가는' 방법 이외에 인생을 살아나가는 또 다른 방법에 대해 모색했다. 그 질문을 던졌을 때, 나는 여전히 질문 자체와 사랑에 빠져 있었다. 하지만 지금은 그 대답과 사랑에 빠져 있다.

하지만 부디 이해하기 바란다. 그 대답은 유대교와 불교와 근본주의와 천주교와 그 밖의 모든 사상을 반드시 포괄해야 하는 곳에 있지 않다. 또한 신에 대한 믿음 속에도 있지 않다. 믿음은 제한된 유용 가치를 지닌다.

어쩌면 신성한 경전과 영감적인 작품이 그 길을 집어낼 수 있으리라. 하지만 결국은 당신 자신이 그러한 것들이 집어낸 목적지를 향해 걸어가야 한다. 그리고 그 길을 걷는 방법은, 어떤 조직적인 도움을 받거나 당신 안의 고적함에 귀를 기울임으로써 할 수 있다. 그 밖의 다른 방법도 상관없다. 궁극적으로는 당신은 방법을 모색하는 것을 그만두고 그냥 해야 한다.

충족감을 일구고, 평화를 내밀하게 하고, 환경과 사건에서 해방된 무모한 행복을 고양하는 길이 한 가지 있다. 우리가 모든 살아 있는 것과의 일치를 재인식하는 길이다. 나에게 신은 우리를 하나로 결합하는 존재다. 다른 말로 하자면, 신은 사랑이다.

우리는 단순히 분리된 존재가 아니다. 오로지 우리 자신에게만 영향을 끼치는 아주 초립자적인 생각은 존재하지 않는다. 그것은 모두 환상에 불과하다, 아주 강력한 환상이지만.

어쨌든 인생의 어려운 면은 우리가 그것을 느끼고, 경험하고, 우리 자신을 그 웅장한 흐름 속에 담글 때까지 남을 것이다. 그리고 그 흐름은 우리 모두를 휩쓸어 간다. 이 영원불변한 흐름이 우리의 외부에 존재하는 증거가 있는가? 아니, 없다. 그럼에도 우리는 세상의 보편적인 양식과 우리 자신의 옹졸한 사고방식에 신물이 났을 때 그 볼 수 없고 심판할 수 없는 유일한 것에게 향하는 듯하다.

이 책을 쓰는 이유는 당신이 나처럼 지금 아주 단순한 삶과 오랫동안 지속되는 관계를 열망한다고 느꼈기 때문이다. 의문의 여지없이 당신이 열망하는 그 삶을 사는 방법이 있다. 나는 이제 그 사실을 의심하지 않는다.

분명히 자아는 우리의 전부가 아니다. 또한 자아의 보잘것없는 경험 범위가 우리가 믿는 전부도 아니다. 모든 개체는 자신의 존재보다 훨씬 위대한 뭔가와 연결된 기분을 마침내 느낀다. 뛰어난 음악이나 자연의 웅장함 속에서 극도의 고적함을 느낄지도 모른다.

그렇다. 그런 완벽이나 질서의 세속적인 증거는 없을 것이다. 하지만 그래도 우리는 그런 것이 존재함을 안다. 어떤 사람은 비극적이거나 상실의 순간에 신의 평화의 손길을 느낀다. 여기에서 그들 앞에 있는 증거는 그들의 감정을 꼼짝 못하게 하지만, 그들은 평화를 향한 부동의 기반을 감지한다.

"주님은 실재하시네…… 내가 영혼 속에서 그분을 느낄 수 있으니까."라는 찬송가 구절이 있다. 그 경험은 부인할 수 없다. 그것은 이 세상의 그 어떤 것보다 훨씬 강력하고 내밀하다. 신을 체험한 그 한순간이 모든 의학적인 법칙마저 파괴하고, 시간과 공간을 무위로 만든다. 심지어 죽음까지 무위로 돌린다. 신의 평화 속에서 우리는 멀리 떨어져 있거나 이미 죽었거나 혹은 의미학상 이 세상에 우리와 함께 존재하는 않는 존재, 우리가 잊을 수 없는 존재를 느낄 수 있다.

하지만 당신이 처음부터 압도적인 영적 경험을 할 필요는 없다. 징조와 경이는 근사하지만 필요조건은 아니다. 당신이 시작하기 위해 당신의 질문에 대답할 필요도 없다. 당신에게 필요한 전부는 시작하려는 의지다.

그런 맥락에서 이 작품은 한 인간이 그의 여행을 시작할 수 있는 방법을 편지의 형식으로 다뤘다. 여기에서 내가 문장을 멋들어지게 가다듬지 못했거나, 진실을 맛있는 당의로 입히려고 노력했을 때 그 어휘 안에는 내가 내 자신과 다른 사람에게 말해왔던 내용이 담겨 있다. 그 내용은 아내와 내가 생각해 왔고, 함께 살아오면서 점점 더 많이 체험한 것들이다. 나를 믿어라, 여기 내용은 예비 시험을 거쳤다. 그러니 안심하고 은행에 저장해도 좋다.

　《나에게 보내는 편지》를 집필할 때처럼 나는 문맥을 뽑고 다듬어 이 한 권의 책으로 꾸미려고 애썼다. 이 얇은 책을 읽어라. 그러면 당신은 최소한 '영원히 아름다운 곳'으로 가는 샛길 하나를 터득할 것이다. '그 길'을 제외하곤 오만해지리란 약속은 너무 단순해서 아주 어린아이들조차 본능적으로 알고 있다. 아이들이 느끼는 비밀(항상 그들 안에서 행복하게 보글거리는)은, 사실상 우리가 결코 그 장소를 떠난 적이 없다는 사실이다. 단지 우리가 그곳에 있다는 사실을 망각했을 뿐.

‘당신’이란 내 어휘

아내와 나는 단체 운동을 좋아하는 자식을 두고 있기 때문에 그들이 경기 중에 그들 자신에게 말을 거는 모습을 종종 봐왔다.

“경기에 집중해.”

“팔이 아니라 온몸으로 휘둘러.”

이와 비슷한 방식으로 나는 관심을 집중하기 위해 나 자신을 ‘당신’이란 이인칭으로 썼다.

가끔 내가 독자 여러분에게 ‘당신’이라고 불렀다 해도, 그 보다 더 많이 나는 여러분에게 퉁명스럽지 않다.

확고한 상기가 나의 나태한 생각을 단칼에 자를 수 있

다. 예를 들어 다음과 같은 문장이 있다.

"방금 일을 잊어라. 그보다 더 중요한 일로 돌아가라."

이와 같이 본문의 많은 부분은 내가 목욕탕 거울이나 냉장고 문 앞에서 중얼거리는 것에 가깝다.

이성은 자기 교정을 할 수 있고, 또 그렇게 해야 하고, 가끔 정신적인 확고함의 건강한 처방이 이런 과정의 가장 효과적인 부분이다.

아무튼 나는 자기 검열과 죄책감이 자신을 고무하는 면이 되어서는 안 된다고 생각한다. 그 이유는 모든 형태의 공격이 마음을 통합하고 초점을 맞추기보다 분산시키기 때문이다.

목차

때때로, 신이 애완동물을 기르는데
나는 그중의 하나가 아닌 듯한 기분이 든다.

어떤 징후

평탄한 길에서도 넘어질 때가 있다. 인간의 운명도 그런 것이다.
신 외에 아무도 진실을 알 수 없다.
-안톤 체호프

우주나 신성한 지침에는 정해진 계획이 있고 내가 그것을 따를 수 있다면 모든 게 좋아지리라 생각한다. 그런데 문제는 그건 어떤 징후로 나타난다는 것이다. 나는 아마 어쩌다 그것을 알게 될 터다.

누구도 이런 말을 듣지 못한다. "저기서 왼쪽으로 돌면 버려진 종잇조각 아래 당첨된 복권이 있다."

Carpe Diem 오늘 나에게 쓰는 마음의 편지…

나의 마음속에는

우리는 세상을 있는 그대로 보는 것이 아니라 우리의 시각으로 본다.
—H. M. 톰린슨

신은 제정신인 유일한 분이고 우리는 모두 신의 일부분이다. 동양에서는 아이들이 정신적인 영역에 들어서도록 허락하는 반면 서양에서는 어떤 신성한 법칙이 주차장과 넉넉한 은행 계좌로 현시顯示된다고 믿는다면 나는 마음속에 정신 나간 신을 모신 셈이다.

Carpe Diem 오늘 나에게 쓰는 마음의 편지…

영적인 존재

모든 사람에게 있어서 가장 필요하고 중요한 연구 대상,
그것은 그 자신이다. 말하자면 그의 영적 존재인 것이다.
—톨스토이

예수의 일생은 썩 좋지 않았다. 그는 잠재적인 수익에 도달하지 못했다. 동료들에게 존경받지 못했다. 친구들은 그에게 충성스럽지 않았다. 그는 오래 살지 못했다. 영혼의 짝을 만나지 못했다. 어머니에게도 이해받지 못했다. 그럼에도 불구하고 나는 그 모든 것을 누릴 가치가 있다고 생각하는 이유는…… 난 아주 영적이니까.

Carpe Diem 오늘 나에게 쓰는 마음의 편지…

색종이 세례

세상 경험이 부족한 이들이 가장 쉽게 저지르는 실수 중 하나는
하나를 아는데도 셋을 안다고 착각하는 것이다.
―라퐁텐

색종이 세례를 받으며 행진하고 있다. 그게 일어나고 있는 일의 전부다. 색종이 조각에는 각각 '못 말리는 바보', '만성 종양', '대머리 아님', '복합 경화증', '가운뎃손가락 절단'이라고 적혀 있다. 이웃의 어깨에 떨어진 그 조각으로 그들을 심판하지 마라. 당신 어깨에 떨어진 그 조각으로 저주를 받았다거나 '축복을 받았다'고 생각하지 마라.

Carpe Diem 오늘 나에게 쓰는 마음의 편지…

두려운 일

이 지상의 생활에는 절대적 행복이란 있을 수 없다. 행복은 우리에게는 없다.
드물게조차 없다. 우리는 다만 행복을 바랄 뿐이다.
–안톤 체호프

사실 오늘날에는 아무것도 제대로 돌아가지 않는다. 그리
고 만일 제대로 돌아간다면 그건 당신을 두렵게만 만들
것이다.

Carpe Diem 오늘 나에게 쓰는 마음의 편지…

기적이 있을까

세상에는 경이와 기적이 가득하다.
그러나 사람은 그의 작은 손으로 눈을 가리기 때문에 아무것도 볼 수 없다.
—바알 셈 토브

기적이 있을까? 물론 있고 말고! 하지만 그것의 효과에 주목하라. 기적은 우리에게 개별적이고 특별하다는 느낌보다 모든 것과의 일체감을 더 많이 준다. 신이 당신과 당신 자식의 병을 고쳐줄 거라는 믿음, 길 잃은 애완동물의 귀에 집으로 가는 방향을 속삭이지 않고 다른 이의 보살핌에 맡기리란 생각은 잘못이다.

Carpe Diem 오늘 나에게 쓰는 마음의 편지…

기적이 이끄는 길

우리가 할 수 있는 최선을 다할 때 우리의 삶에,
아니 타인의 삶에 어떤 기적이 일어나는지 아무도 모를 것이다!
–헬렌 켈러

기적이란 내가 밥상머리에서 이러쿵저러쿵 말할 수 있
는 초연한 사건이 아니다. 기적은 오로지 내 길만 순탄하
게 만들어주지 않는다. 기적은 나를 내 안의 고적함과 아
름다움이 숨 쉬는 장소로 이끈다. 그리고 모든 이의 길을
순탄하게 해준다.

Carpe Diem 오늘 나에게 쓰는 마음의 편지…

심란한 꿈의 산물

범부는 누구나 감각의 대상이 되는 것을 좋아해 이에 집착함으로써 태어남, 늙음, 근심, 슬픔, 고통, 번민에서 벗어나지 못한다. 반면 성스러운 수도자는 감각의 대상을 좋아하지 않고 집착하지 않음으로써 위의 여섯 가지 번뇌에서 벗어나 편안해진다. 그러므로 열반은 곧 소멸이다.
– 《밀린다왕문경》 중에서

만일 저녁으로 부시워커 핫소스를 먹었다면 여섯 시간 후에 내가 꾸는 꿈은 아무리 바꾸려 노력해 봤자 악몽일 것이다. 그건 핫소스일 뿐이다. 심란한 꿈은 마음 산란한 몽상가의 산물. 완전히 눈을 뜨지 못한 모든 이들이 조금 더 많이, 혹은 더 적게 산란해한다. 그 때문에 내 모든 질문에 대한 답은 한 가지다. "눈을 떠라."

Carpe Diem 오늘 나에게 쓰는 마음의 편지…

부정적 의미

신의 책상 위에는 이런 글이 씌어 있습니다.
"네가 만일 불행하다고 말하며 다닌다면 불행이 정말 어떤 것인지 보여주겠다.
또한 네가 만일 행복하다고 말하며 다닌다면 행복이 정말 어떤 것인지 보여주겠다."
—버니 S. 시겔, 《내 마음에도 운동이 필요해》 중에서

"왜 그런 일이 일어났을까? 그 의미가 뭘까?"

어떤 사건을 되돌아보고 이렇게 자문할 때 나는 거의 항상 이미 부정적으로 분류해놓은 뭔가를 생각하고 있다. 나는 용서했거나 신에게 맡겼던 때를 분석하지 않는다. 그렇지 않으면 그 사건의 유리한 호전에 대해 분석한다.

Carpe Diem 오늘 나에게 쓰는 마음의 편지…

그게 어떤 의미일까

나는 인생을 밖에서 보는 사람들의 명쾌한 논증보다는 생활 속에서
관망하는 사람의 공상, 더 나아가 그들의 편견까지도 존중한다.
−체스터턴

믿음이 없는 사람들, 친구와 사업상 거래를 할 때 '적극적인 조치를 취하는' 사람들, 스포츠 경쟁에서 여하한 대가를 치러서라도 승리하는 사람들, 또는 시종일관 쥐꼬리만한 팁을 남기는 사람들은 대개 '그게 어떤 의미일까?' 하고 자문할 마음도 먹지 않는다.

Carpe Diem 오늘 나에게 쓰는 마음의 편지…

그럴 운명?

인간에게는 제각기 다른 운명이 있다고 할지라도 인간을 초월한 운명은 없다.
—카뮈

경기의 패자나 궁극적으로 죽음에 대해 우리는 말한다, "그럴 운명이었다."라고. 하지만 이 설명이 우리 멋대로 적용되고 있다. 우리는 운동 선수가 패배한 이유가 팬들의 공격을 받았기 때문이거나 한 어린아이가 폭발 사고로 숨졌을 때는 그렇게 말하지 않는다.

Carpe Diem 오늘 나에게 쓰는 마음의 편지…

비극의 힘

인생은 가까이서 보면 비극이지만 멀리서 보면 희극이다.
—찰리 채플린

오늘날에는 우리가 부정적인 경험과 관계를 '유인'한다고 생각한다. 그럼에도 불구하고 누가, 어떤 것이 전적으로 부정적인지에 대해 합의된 목록은 없다. 심지어 가장 참담한 비극이 때때로 새로운 이해와 힘을 가져올 수 있다.

Carpe Diem 오늘 나에게 쓰는 마음의 편지…

선택과 통제

인생에서 최악의 죄는 무엇이 옳은지 알면서도 행하지 않는 것이다.
-마틴 루터 킹

우리는 아주 작은 사건조차 통제할 수 없다. 그러면서도 우리가 무엇을 경험할지 선택한다. 우리는 사랑의 평온함과 평화에 대해 각성할 것인가 아니면 지속적인 분석과 반복적인 재해석의 혼란을 애매하게 알 것인가를 선택한다.

Carpe Diem 오늘 나에게 쓰는 마음의 편지…

이제 나는

우리는 평등한 삶을 사는 게 아니라 차이 투성이의 짜깁기 인생을 살 뿐이다. 아까는
좀 즐겁다가 지금은 슬프고, 아까는 죄를 짓고서 지금은 관대하고 용감한 행동을 취한다.
—에머슨

어떤 식으로 세상이 나를 한 방 먹였는가? 이건 다른 사람이 어떻게 당했는지와는 다른 문제다. 또한 내 자신의 해석도 불안정하다. 이제 나는 과거의 많은 '패배'를 흘러간 진보로, 수많은 '승리'를 영적인 실패로 본다. 내가 충분히 현명해서 '좀 더 낫게' 바꿀 수 있는 인생의 어떤 면이 거의 없다.

Carpe Diem 오늘 나에게 쓰는 마음의 편지…

수천 개의 목소리

세속적인 것들을 필요 이상으로 사랑하면
그의 마음은 하나님을 향한 참된 사랑에서 멀어진다.
—켐피스

신은 우리에게 수천 개의 목소리로 이야기하지만 그 안에 담긴 메시지는 모두 같다.

"나는 너를 사랑한다. 제발 내가 너를 사랑한다는 것을 믿어라."

Carpe Diem 오늘 나에게 쓰는 마음의 편지…

최선의 조치

사람들 간에는 아주 작은 차이만 있다. 그러나 그 작은 차이가 큰 차이를 낳는다.
작은 차이는 '태도'이고 큰 차이는 '긍정적이냐 아니냐'이다.
-W. 클레멘트 스톤

악몽을 꾸고 있는 아이의 꿈을 완성시키지 마라. "엄마, 난 아기 새인데 고양이가 나를 물어가려고 해요." 하고 아이가 잠결에 속삭일 때 "덤불 속에 숨어라."라고 말하지 마라. 아이의 꿈을 계속 잇지 마라. 그저 아이의 이마에 뽀뽀하고 노래를 불러주고 부드럽게 흔들어 깨워라.

Carpe Diem 오늘 나에게 쓰는 마음의 편지…

물음의 답

네 믿음은 네 생각이 된다. 네 생각은 네 말이 된다. 네 말은 네 행동이 된다.
네 행동은 네 습관이 된다. 네 습관은 네 가치가 된다. 네 가치는 네 운명이 된다.
—간디

여기 나는 A 지점에서 B로, 그곳에서 다시 C로 가고 있다.
짙은 안개 속에서 나는 신에게 묻는다.

"어떻게 하면 D라는 지점으로 갈 수 있을까요?"

신이 다정하게 대답한다.

"내 손을 잡아라. 너를 안개 밖으로 이끌리라."

그러면 나는 고집스럽게 앙탈을 부린다.

"그건 제가 원한 답이 아니에요!"

우리는 신에게 어떤 사과를 사야 하느냐고 질문하며 신성한 사랑이 다른 이에게 썩은 사과를 남겨놓으리라고 생각한다. 심지어 신이 비행기 추락 사고에서 한두 명만 살리고 나머지 사람을 불에 타서 죽게 한다고 생각한다. 사실상 우리는 우리의 육신에 가해지는 은혜가 신의 우아함의 신호라고 생각한다.

신은 어디에 가면 신발을 싸게 살 수 있는지 어떤 주식을 사면 돈벼락을 맞을 수 있는지 말하지 않는다. 아예 그런 충고조차 구하지 마라. 만일 당신이 어떤 신호를 사려고 든다면 당신은 상위 자아의 말을 듣게 될 것이다, 신의 목소리가 아니라.

진정으로 신이 내 질문을 모른다고 생각하는가?

그 대답은 내가 질문하기 전부터 내 마음속에 있다.

나는 너를 사랑한다…

제발 내가 너를 사랑한다는 것을 믿어라…

단순한, 이끌림

직관과 통찰이 이끄는 대로 따라가라.
당신 안에는 탐구할 수 있는 무수히 많은 새로운 길이 있다.
−셰퍼드 코미나스

할머니는 내가 한 발로 깡충거리는 모습을 볼 때마다 "네 작은 고추를 따라 화장실로 가려무나." 하고 말했다. 할머니가 옳았다. 따라가라, 당신의 '평화로운 우선권', 단순함을 향한 깊은 이끌림을. 무엇을 원하는지 잊어라. 마음을 고적함 속에 담아라. 평화로운 우선권, 어떤 방향으로의 부드러운 이끌림을 알아차려라.

Carpe Diem 오늘 나에게 쓰는 마음의 편지…

나를 인도하시네

**사람의 마음으로 자기의 길을 계획할지라도 그 걸음을 인도하시는 자는 여호와이시니라.
-잠언 16장 9절**

인도는 어떤 행동을 취하라, 취하지 마라 명령하지 않는다. 인도는 신의 평화의 선물이다. 우리가 유래되었던 것으로부터의 선물. 평화는 모든 의문을 용해시키니 우리는 그저 평화 속에서 할 일을 행한다.

Carpe Diem 오늘 나에게 쓰는 마음의 편지…

평화로운 우선권

신은 '사랑'과 '자유'의 광활한 하늘을 날아가도록 그대의 영혼에 날개를 달아주었다.
그대 자신의 손으로 그 날개를 잘라내고 영혼이 버러지처럼 땅 위로 기어가는 괴로움을
겪는다는 것은 얼마나 가련한 일이겠는가.
-칼릴 지브란

나는 항상 평화로운 우선권을 가졌다. 하지만 충분히 평온해야만 그것을 알 수 있다. 나의 평화로운 우선권을 따르는 것이 내 자아, 혹은 '옹졸한 마음'이 좋아할 결과를 보장하진 않는다. 하지만 그것은 나를 평화의 근원으로 이끌고 평가와 해석에서 자유롭게 한다.

내 옹졸한 마음은 무엇을 해야 할지 갈등을 겪는다. 심지어 평화 속에서 결정을 내린 후에도 내 옹졸한 마음은 여전히 그 결과에 대해 갈등한다.

내가 누군가의 요청을 받아들인 이유가 지금 내가 내 자아와 싸우고 있기 때문이거나 혹은 그 요청을 받아들이

지 않은 이유가 내가 자아에게 졌기 때문이든 아니든 여전히 나는 내 진정한 마음, 내 진정한 감정, 내 진정한 주체와 연결되지 못한 채다.

옹졸한 마음이 항상 제일 먼저 말한다. 가령 아내가 뭔가를 해달라고 부탁하면 나는 즉각적으로 반감을 느낀다. 그 일 자체는 괘념치 않지만 요청받는 것을 좋아하지 않는다. 이제 그런 반발감과 싸우지 마라. 잠깐 기다렸다가 더 깊은 감정에 초점을 맞춰라. 깊은 자아의 고동이 고적함 속에서 일어난다.

안달쟁이 자아

나는 존재한다. 그러나 나는 그 존재의 이유를 발견하고 싶은 것이다.
왜 내가 살고 있는지를 알고 싶은 것이다.
−앙드레 지드

자아는 안달쟁이다. 도무지 평화라는 것을 모른다. 나의 자아가 말할 때는 내가 다급함이나 옳고 그름이나 흥분을 느끼는 중이다. 자아는 말한다.

"더 늦기 전에 그걸 해."

"행복보다 옳은 일을 하는 것이 더 중요해."

Carpe Diem 오늘 나에게 쓰는 마음의 편지…

의미 있는 선택

선택에 의문을 갖는 것보다 더 나은 대안은 그 선택을 가지고 어떻게 살지 묻는 것이다.
-게리 토마스

옹졸한 마음은 선택이 행동의 양 갈래에 있다고 생각한다. 초콜릿을 먹자, 먹지 말자. 무해한 거짓말을 하자, 하지 말자. 하지만 영적으로 의미 있는 유일한 선택은 평화에서 비롯된 행동과 갈등에서 비롯된 행동 사이에 있다.

Carpe Diem 오늘 나에게 쓰는 마음의 편지…

소리의 메아리

당신의 과거를 보라. 지금 이 순간 당신의 과거는 결정되어 있다. 오늘 당신의 행동은 내일 당신이 어디에 있을지 결정한다. 당신은 앞으로 나아가고 있는가, 멈춰 서 있는가?
―톰 홉킨스

자아는 과거에서 들려오는 소리의 메아리다. 그것은 우리가 형성되어온 과정에서 습득한 주요한 영향력과 경험으로 이루어졌다. 그 '교훈들'이 하나로 뭉쳐서 우리의 진정하거나 평화로운 실체를 대변하지 못한 정체성에 대한 생각을 우리에게 갖게 한다. 자아는 그런 주요한 소리 때문에 깊은 갈등을 벌인다.

Carpe Diem 오늘 나에게 쓰는 마음의 편지…

엄청난 실수

인간의 행복의 원리는 간단하다. 불만에 자기기 속지 않으면 된다.
어떤 불만으로 해서 자기를 학대하지 않으면 인생은 즐거운 것이다.
─러셀

고적함 속에서 나는 평화로운 마음, 내 통합된 자아를 경험한다. 분명히 고적함은 분열된 자아와의 싸움에서 얻어질 수 없다. 그래서 나 자신을 심판하는 것은 내 이웃을 심판하는 것만큼 엄청난 실수다.

Carpe Diem 오늘 나에게 쓰는 마음의 편지…

상상된 정체성

이 세상의 유일한 악마는 우리 마음에서 날뛰고 있기에
모든 전투는 마음속에서 이루어져야 한다.
-간디

당신이 당신 자신이라고 생각하는 정체성은 존재하지 않는다. 우리의 자아나 상상되어진 정체성은 아이들의 상상 속 친구와 매우 흡사하다. 개별적이고 자주적인 마음으로 만들어진 그것은 곧잘 스스로를 방어한다.

"새로운 동네 친구와 말하지 마."

상상 속의 친구가 그렇게 말한다. 왜냐하면 진짜 우정이 상상의 존재를 와해시키리란 것을 알고 있으니까. 그와 마찬가지로 자아는 충고한다.

"당신의 진정한 감정과 상의하지 마."

왜냐하면 진실이 당신의 자아를 와해시키니까. 그러나

명심하라. 무엇이 진실인지에 대한 자문이 자아에 대한 비난은 아니다.

아이들이 상상 속의 친구와 다툴 때 그것은 그들의 마음속에 더욱 강하게 자리를 잡는다. 하지만 아이들은 진짜 친구들에게 관심을 가지기 시작하면 자연스레 상상 속 친구에 대한 흥미를 잃는다. 그런 식으로 자각은 우리에게 진정한 자신에 대한 관심을 일으킨다.

영혼과 육신 사이

삶은 호흡하는 것이 아니라 행위를 하는 것이다.
-장 자크 루소

내 마음은 내적인 분투와 눈앞에서 상영되는 인생의 영화를 왕복한다. 매번 신을 향할 때 나는 내 인생에 진전이 있었는지 돌아본다. 영적인 삶을 확인하려고 육신의 삶을 보다니 미친 짓이다. 이러는 이유는 사람은 행동해야 하고 환경이 구체화되어야 한다고 여겨서다. 그리고 사실 나는 신의 존재보다 그것에 더 관심이 있다.

Carpe Diem 오늘 나에게 쓰는 마음의 편지…

대가

하나님이 이르시되 그가 나를 사랑한즉 너가 그를 건지리라.
그가 내 이름을 안즉 내가 그를 높이리라.
-시편 91장 14절

세상은 우리의 영적인 노력에 대해 아무런 보상을 하지 않는다. 심지어 그 두 가지 사이에는 연관조차 없다. 신에게 향하는 대가는 세상이 아니라 신에게 더욱 가까워지는 것이다.

Carpe Diem 오늘 나에게 쓰는 마음의 편지…

선택과 결정

순간의 결정이 새로운 운명을 창조한다.
우리가 진정 결단을 내린 순간, 그때부터 하늘도 움직이기 시작한다.
—앤서니 라빈스

사랑과 평화로 가득한 마음으로 결정을 내렸다면, 그런 관점에서 모든 최선을 다했다면, 하지만 지금 "이랬으면 어땠을까?" 추측하고 재고하는 중이라면 나는 성스러운 작용에 대해 의문을 제기하고 있는 것이다. 그러지 마라. 재고하지 마라. 그저 평화 속에서 계속 걸어가라.

Carpe Diem 오늘 나에게 쓰는 마음의 편지…

용서의 경험

용서의 어마어마한 혜택은 용서를 하는 사람에게 돌아가므로
용서는 아주 이기적인 행동기다.
—라와나 블랙웰

결코 실수나 악의적인 동기만 존재하는 게 아니라 그 밖에 뭔가 좋은 것이 있다. 용서는 그 밖의 뭔가를 경험하는 문이다. 용서란 행동 자체를 너그럽게 봐주는 게 아니다. 그것은 행동 너머에 존재하는 크나큰 진실을 보는 것이다.

Carpe Diem 오늘 나에게 쓰는 마음의 편지…

내 앞의 길

두려워하지 마라. 내가 너를 구속하였고 내가 너를 지명하여 불렀나니 너는 내 것이라.
—이사야서 43장 1절

천국의 천사가 내 앞에 평화의 길을 내줬다. 내가 추락한
다면 오로지 신의 품으로만 떨어질 수 있다.

Carpe Diem 오늘 나에게 쓰는 마음의 편지…

작은 시험

용서하는 것이 용서받는 것보다 낫다. 우리는 끊임없이 용서해야 한다.
그럼으로써 우리 자신도 누군가로부터, 또는 신으로부터 용서받을 수가 있는 것이다.
—러셀

우리의 삶은 신이 슬라이드를 연거푸 보여주는 것처럼 전개되고 그 각각의 슬라이드는 아주 작은 시험이다. 신은 말한다. "넌 이걸 용서할 수 있느냐?" 그 대답이 부정이면 신은 묵묵히 슬라이드를 감아서 훗날 그것을 우리에게 다시 보여준다.

Carpe Diem 오늘 나에게 쓰는 마음의 편지…

내가 믿는 것

행복한 생활이란 마음의 평화에서만 성립할 수 있다.
-키케로

우리는 경험할 것을 선택한다, 알 것이 아니라. 현재 무슨 일이 일어나고 있든 없든 상관없이 '좋은 일'이든 '나쁜 일'이든, 당신 자신에게 말하라.

"이런 상황에서도 나는 순수를 믿을 수 있다. 평화를 믿을 수 있다."

Carpe Diem 오늘 나에게 쓰는 마음의 편지…

용서의 정의

진실로 시간이 귀한 줄 아는 현명한 자는 용서함에 있어 지체하지 않는다.
왜냐하면 용서하지 못하는 불필요한 고통으로 말미암아 헛되게 허비하지 않기 때문이다.
−사무엘 존슨

때때로 내가 용서를 두려워하는 이유는 상대에게 더 많은
시간을 낭비하거나 혹은 다른 신호를 보내야 한다고 생
각해서다. 하지만 용서는 마음에서 우러나오는 행동이지
'김~치' 하는 억지 미소의 순간이 아니다.

Carpe Diem 오늘 나에게 쓰는 마음의 편지…

나를 위한 용서

용서는 단지 우리에게 상처를 준 사람들을 받아들이는 것만을 의미하지 않는다.
그것은 그들을 향한 미움과 원망의 마음에서 스스로를 놓아주는 일이다.
그러므로 용서는 자기 자신에게 베푸는 가장 큰 자비이자 사랑이다.
−달라이 라마

용서는 '유죄'인 사람을 위해서 내가 행하는 멋진 일이 아니다. 용서란 내 자신의 마음을 위해서 내가 행하는 멋진 일이다. 나는 나를 고문하는 마음과 나에게 친구 같은 마음 중에서 어떤 것을 원하는가?

Carpe Diem 오늘 나에게 쓰는 마음의 편지…

심판의 딱지

모든 사람들이여, 다른 사람을 심판하는 자는 용서받을 수 없노라. 왜냐하면
아무리 재판한다 할지라도, 그 재판에 의해서 당신 자신도 비방되는 것이므로……
다른 사람을 심판하는 자는 그 자신도 심판받으리라.
—톨스토이

심판하는 것이 내 마음을 분열시키는 이유는 지금 내가 헐뜯는 이웃이 바로 나 자신이기 때문이다. "네 이웃을 네 몸처럼 사랑하라." 이 말은 그야말로 문자상의 말이다. 심판은 사람에게 딱지를 붙인다. 용서는 그것을 떼어낸다. 신은 딱지를 붙이지 않는다, 그저 바라본다. 오로지 나의 순수한 시각만이 완전하다.

Carpe Diem 오늘 나에게 쓰는 마음의 편지…

심판과 직관

어떤 경우에 대해 오직 자신이 주장한 것만 아는 사람은
그것에 대해 알지 못하는 사람이다.
—존 스튜어트 밀

직관은 지금 당장 누가 부정직한지 말할 수 있다. 하지만 심판은 그 부정직함이 그 사람의 전부라고 말한다.

심판의 문제점은 직관을 요지부동의 관념으로 바꿔놓는 데 있다.

Carpe Diem 오늘 나에게 쓰는 마음의 편지…

안다 그리고 본다

신중한 생활에서 얻어진 편견은 나태한 생활에서 얻어진 습관처럼 바꾸기가 어렵다. 어떤 이는 젊음을 낭비했기에 노년도 낭비해야만 하고, 어떤 이는 길을 찾아내기 위해서 너무나 오랫동안 실수의 미로를 헤매고 다녔기 때문에 그 실수의 미로에서 고생을 계속해야 한다.
—마이클 볼링브로크

직관은 이렇게 말한다. "이 차는 저 차보다 유지가 쉬워." 반면 심판은 이렇게 말한다. "이 차는 고장이 날 거야. 난 이 차를 잘 알아." 만일 내가 자동차를 보는 능력을 제한할 수 있다면 틀림없이 가족 혹은 다른 사람을 보는 능력도 제한할 수 있다. 내 선택은 그들을 '알 것'이냐, 있는 그대로 볼 것이냐에 있다.

Carpe Diem 오늘 나에게 쓰는 마음의 편지…

상처 아물기

인간은 실수하고, 신은 용서한다.
-셰익스피어

우리는 다른 사람이 우리에게 행한 일 때문에 고통스러울 수 있다. 용서는 우리에게 그 고통을 부인하거나 과거를 왜곡해서 받아들이라고 말하지 않는다. 용서는 우리에게 신을 보라고, 그리고 신의 안에서 상처가 이미 아물었다고 말한다.

Carpe Diem 오늘 나에게 쓰는 마음의 편지…

당신은 세상의 빛

그대에게 죄를 지은 사람이 있거든 그가 누구이든 그것을 잊어버리고 용서하라. 그때 그대는 용서한다는 행복을 알 것이다. 우리에게는 남을 책망할 수 있는 권리가 없다.
—톨스토이

용서는 자아를 견디지 않겠다는 결단이다. 그러므로 항상 용서할 게 아니라 그저 이 순간을 용서하라. 2분 후 다시 불평의 싹이 트면 그 순간을 용서하라. 당신이 누군가 빛으로 감쌀 때 빛을 싫어하는 자아는 원한으로 당신을 조종하는 짓을 멈춘다. 당신이 세상의 빛임을 기억할 때 자아는 흐릿한 그림자가 되어 사라진다.

Carpe Diem 오늘 나에게 쓰는 마음의 편지…

해야 한다면

우리가 무엇을 생각하느냐, 무엇을 알고 있느냐, 무엇을 믿고 있느냐는
별로 중요하지 않다. 중요한 것은 결국 우리가 무엇을 행동으로 실천하느냐이다.
—존 러스킨

우리는 행동하기 위해 공격해야 한다고 생각한다. 우리는 직장을 그만두기 위해 화를 내야 한다고 생각한다. 우리는 예배당을 변화시키기 위해 집회를 비난해야 한다고 생각한다. 우리는 친구들을 관계에서 뒷걸음치게 만들기 위해 그들에게 적대적인 상황을 만들어야 한다고 생각한다. 만일 아파서 침실 문을 닫고 몸져눕는다면 우리는 마음의 문까지 닫아야 한다고 생각한다.

영적인 길을 따르는 것은 당신이 더 이상 마음의 방향을 지시하기 전에 심상心象을 결정하는 것이다. 만일 어떤 관계에서 물러나야 한다면 당신의 정신적인 사면과 더불

어 전진을 멈춰라. 만일 아파야 한다면 당신의 사랑으로
가득한 생각을 식구들 주위에 머물게 하라. 그리고 죽어
야 한다면, 당신의 영원한 존재로 축복받지 못한 것을 단
하나도 남기지 마라.

감정의 의미

정념은 거미줄과 같다. 그것은 처음에는 낯선 손님처럼 보이나
단골 손님처럼 보이고 나중에는 그 집의 주인이 된다.
– 《탈무드》 중에서

감정은 우리 시대의 새로운 신이다. 우리는 그것에 대해 끊임없이 토론한다. 모임을 결성해 그것을 유도하고 해부한다. 가족과 친구들을 내동댕이치는 이유도 그 때문이다.

"방금 그녀가 한 말에 대해서 어떻게 느끼세요?"

이러한 토크쇼를 심화된 문제로 여기며 텔레비전을 시청한다.

하루의 시작부터 끝까지 우리의 감정 속에서 시시각각 변하는 아주 사소한 추이를 민감하게 집어낸다.

"이게 무슨 뜻일까? 그게 무슨 의미를 지녔을까?"

　그럼에도 불구하고 우리 육신의 감정은 우리 자신과 신과 신의 아이들에 대해서 우리에게 아무 말도 하지 않는다.

마음 청소

당신 자신에게 약간의 시간을 투자할 마음이 있다면 당신의 기분을 효율적으로
지배하는 법을 배울 수 있다. 날마다 체력 훈련을 받는 선수가 인내심과 강인함을
조금씩 키우는 것처럼 말이다.
—데이비드 번스

옹졸한 마음은 항상 뭔가를 느끼고 있다. 하지만 나는 내가 누구냐는 질문을 소명받았다. 내가 어떻게 느끼느냐에 대한 게 아니라 그 대답은 내 감정을 무시하거나 부인하지 말라는 것이다. 사실 내 감정을 더 많이 인식해야 한다. 그러나 전혀 다른 방법으로. 이제 나는 그 인식을 빗자루로 써서 감정의 찌꺼기를 치우고 있다.

Carpe Diem 오늘 나에게 쓰는 마음의 편지…

진실로 돌아오다

당신이 갖고 있는 것이 당신에게 불만스럽게 생각된다면
세계를 소유하더라도 당신은 불행할 것이다.
−세네카

어떤 감정이나 행동 양식의 기원을 알기 위해 과거를 보는 일은 좋지만 그건 치료의 이익을 제한한다. 과거는 재조합되거나 해석될 수 없다. '진실'이 무엇인지 가려봤자 무의미하다. 대신 마음에 자리 잡은 과거를 살피고 하나하나 용서해야 한다. 그제야 내가 신의 사랑에서 벗어난 적이 한 번도 없다는 진실로 돌아올 것이다.

Carpe Diem 오늘 나에게 쓰는 마음의 편지…

감정 치우기

감정은 언제나 이성을 짓밟아버리는 경향이 있다.
감정에 충실하게 행동하면 모든 것이 광기로 흐르기 쉽다.
－발타자르 그라시안

감정은 우리의 내적인 자신이다. 우리는 감정을 처리하는 방법을 만들어 침울해하거나, 무의식적으로 조종당하지 않아야 한다. 찢어라, 나가서 소리를 질러라, 꽝꽝 쳐라. 뭐든 당신이 진짜라고 믿는 걸 해방시키는 데 필요한 일을 해라. 하지만 다른 이에게 배출하진 마라. 더 많은 사람을 문제 속으로 끌어들여 복잡해질 뿐이다.

Carpe Diem 오늘 나에게 쓰는 마음의 편지…

혼자가 아니다

구하라, 그리하면 너희에게 주실 것이요. 찾으라, 그리하면 찾아낼 것이요.
문을 두드리라, 그리하면 너희에게 열릴 것이니.
―마태복음 7장 7절

내가 행하는 모든 일 속에서 나를 무해하도록 하라. 내가 행하는 모든 일 속에서 나를 신의 손에 맡겨라. 나는 혼자가 아니다, 심지어 내 자신의 실수를 처리할 때조차.

Carpe Diem 오늘 나에게 쓰는 마음의 편지…

수양의 열쇠

인간의 마음속에는 절대적 의지 또는 자유의지는 없다. 오히려 마음은
이것 또는 저것을 바라도록 하는 원인에 의해 결정되어 있고, 이 원인은
또 다른 원인에 의해 결정되었으며, 이러한 일은 무한히 계속된다.
-스피노자

〈어미 잃은 송아지들이 떠돌게 놔둬라〉는 텔레비전 시리즈 〈로하이드〉의 주제곡이다. 마음 수양의 열쇠는 '마음이 흐르는 대로 내버려둬라'이다. 자아는 멈추지 않고 달릴 생각이 꽉 찬 송아지다. 하지만 그런 생각 중 하나와 싸우면 문제 혹은 감정의 쇄도에 빠진다. 모든 생각이 제 마음대로 배회하도록 놔둬라.

Carpe Diem 오늘 나에게 쓰는 마음의 편지…

생각의 산물

감정의 감옥으로부터 자신을 해방하는 비결은 무얼까? 그것은 단순하다. 생각이 감정을 만든다는 사실을 명심하는 것이다. 따라서 당신의 감정은 정확한 사고에서 비롯된 것이 아닐 수도 있다. 불쾌한 감정은 단지 당신이 무언가를 부정적으로 생각하고 그렇게 믿고 있다는 걸 말해준다. 당신의 감정은 마치 새끼 오리가 어미 오리를 졸졸 쫓듯 생각에 뒤따라 나타날 뿐이다.
―데이비드 번스

감정은 우리가 움켜잡고 있는 생각의 산물이다. 나는 분노, 권태, 공포 또는 찡얼거리는 자기 연민을 상관하지 않는다. 감정은 오직 생각에 의해 만들어지고 포장되니까. 생각의 고삐를 느슨하게 풀어라. 그러면 감정이 사라지기 시작한다.

Carpe Diem 오늘 나에게 쓰는 마음의 편지…

빛이 있는 곳

그림자를 두려워 마라. 그림자란 어딘가 가까운 곳에서
빛이 비치고 있음을 뜻하는 것이다.
-루스 E. 렌컬

그 밖에 내가 무엇을 생각하고 있든 상관없이 나는 신을
생각할 수 있다. 그것이 불을 켠다. 빛과 어둠 사이에는
반목이 없다. 문자 그대로 거기에는 아무것도 없다. 그런
이유에서 내 안에서 내가 도망가야 할 것이 아무것도 없
다.

나는 내 마음을 만들지 않으니 그것과 싸울 필요가 없
다. 빛은 신이 나를 위해 만든 마음의 기능이다. 생각을
없애려고 하지 말고 빛을 부여하라. 빛이 있는 곳에 평화
가 있다. 평화롭게 짜증 내고, 의기소침해하고, 질투하고,
좌절하고, 후회하라. 그러면 당신의 모든 존재가 빛으로

가득 차고 당신은 평화롭게 평화로워질 것이다.

말하라.

"나는 신 속에 몸을 잠그고 평화 속에 목욕한다."

그리고 당신 마음이 어휘를 초월해 경험하도록 하라.

신의 마음이 당신에게 강림하게 하라.

그리고 그 안에서 소멸하라.

Carpe Diem **오늘 나에게 쓰는 마음의 편지…**

분리된 자아

이상(理想)은 우리 자신 안에 있다.
동시에 이상의 현실을 저해하는 모든 장애 또한 우리 자신 안에 있다.
―칼라일

자아는 중독적이다. 내 마음의 그 부분 안에서 나는 혼자라고 믿으니 자연스럽게 다른 뭔가와 결합하고픈 열망이 강하다. 내가 했던 실수는 아무것도 주지 않았던 유해한 것과 결합한 것이다. 아무튼 내가 객체를 포기하고 나의 분리된 자아 속에 남아 있으면 내 중독증이 사라진다.

Carpe Diem 오늘 나에게 쓰는 마음의 편지…

찢어라, 나가서 소리를 질러라, 꽝꽝 쳐라…

뭐든 당신이 진짜라고 믿는 걸 해방시키는 데 필요한 일을 해라…

즐거움의 방향

무얼 받을 수 있는지보다 무얼 주는가에 한 사람의 가치가 있다.
—아인슈타인

알코올중독이 초기에 치료가 빠른 이유는 '환자들'이 서로 잘 아는 만큼 치료 계획의 목표가 자신을 돌보는 마음에서 다른 이에 대한 것으로 이동하기 때문이다. 다른 사람을 보살피는 마음은 중독될 수 없다. 하지만 내 관심의 초점이 분리된 자아를 강화하고 규정하는 데 있다면 나는 결코 봉사의 즐거움을 알지 못할 것이다.

Carpe Diem 오늘 나에게 쓰는 마음의 편지…

희생자적인 마음

어찌된 일인지 고통은 그 의미를 찾는 순간 고통이기를 멈춘다.
—빅터 프랭클

나태한 생각은 대부분 방어적이다. 갈등하는 마음은 상처 받기 쉽기 때문에 공포와 의심에 사르잡힌다. 결국 희생자적인 마음 상태가 희생자를 찾는다. 그것은 그 자신을 향하고 다음에는 다른 사람에게 향한다. 오로지 용서만이 마음을 하나로 묶는다.

Carpe Diem 오늘 나에게 쓰는 마음의 편지…

끝나지 않는 노래

자기 자신의 마음이 평온하지 않으면, 자기 자신의 마음속에 행복이 없으면
어떻게 타인을 진실로 따뜻하게 대할 수 있겠는가!
—석가모니

평온을 유지하라, 그러면 신이 당신과 함께 함을 알게 된다. 온 마음이 신성한 뜻을 경험할 것이다. 집에서 평화에서 그것이 노래하고, 모든 사람과 모든 살아 있는 것들이 끝나지 않는 한 곡의 노래 속에서 음표가 될 것이다.

Carpe Diem 오늘 나에게 쓰는 마음의 편지…

내가 하는 말

한마디의 말이 들어맞지 않으면 천 마디의 말을 더해도 소용이 없다.
그러기에 중심이 되는 한마디를 삼가서 해야 한다.
중심을 찌르지 못하는 말일진대 차라리 입 밖에 내지 않느니만 못하다.
- 《채근담》 중에서

행동은 영적인 것이 아니다. 나는 "친절한 마음으로 살해한다."고 말하고, 긍정적인 생각으로 사람을 막다른 길로 몰아붙일 수 있다. 다른 사람들에 대해 '좋은 말을 찾는' 건 사랑을 실천하는 게 아니다. 관일 한 친구에게 그를 속였던 사람이 정말 못된 이는 아니라고 말한다면 방금 내가 그를 더 고립되고 외롭게 만든 참이다.

Carpe Diem 오늘 나에게 쓰는 마음의 편지…

의무는 없다

내 영혼아, 네가 어찌하여 낙심하며 어찌하여 내 속에서 불안해하는가.
너는 하나님께 소망을 두라. 나는 그가 나타나 도우심으로 말미암아
내 하나님을 여전히 찬송하리로다.
−시편 42장 11절

세상은 분리에 대한 한 편의 다큐멘터리이고 일체를 증명하는 증거가 아무것도 없다. 하지만 우리가 긍정적인 해석으로 세상의 부정적인 해석과 싸워야 할 의무는 없다. 오로지 신에게 향할 때 나는 신을 볼 수 있다.

Carpe Diem 오늘 나에게 쓰는 마음의 편지…

잘못된 확신

인간을 궁지로 몰아넣는 건 무지가 아닌 잘못된 확신이다.
—마크 트웨인

영성靈性이 애정은 아니다. 그건 흰 면옷을 걸치고 신처럼 말하는 게 아니다. 영성을 알지 못해도 영적으로 될 수 있다. 치료법을 알지 못해도 치료될 수 있다. 일치를 알지 못해도 일체감을 느낄 수 있다. 하지만 우리가 우리의 신성함에 대해 말하기 시작한다면, 얼마나 신성한지 그림을 그린다면 우리는 우리의 신성함을 차단한다.

Carpe Diem 오늘 나에게 쓰는 마음의 편지…

쑥덕쑥덕

지혜자의 입의 말들은 은혜로우나 우매자의 입술들은 자기를 삼키나니
그의 입의 말들의 시작은 우매요, 그의 입의 결말들은 심히 미친 것이니라.
—전도서 10장 12~13절

오리들은 꽥꽥 울고 사람들은 뒷말을 쑥덕거린다. 만일 당신이 꽥꽥거리지 않으면 다른 오리들에게 쫓겨날 것이다. 만일 당신이 쑥덕공론을 하지 않으면 아주 짧은 대화를 하게 된다.

Carpe Diem 오늘 나에게 쓰는 마음의 편지…

사랑 보관함

사람은 사랑에 빠지는 것도 또 사랑에서 뛰쳐나오는 것도 아니다.
우리는 사랑 속에서 성장하는 것이다.
-레오 버스카글리아

내 보물은 내 마음이 있는 곳에 있다. 나는 영적으로 꼭
올바를 필요는 없지만 내 마음을 사랑이 있는 곳에 보관
할 필요가 있다.

Carpe Diem 오늘 나에게 쓰는 마음의 편지…

단순함

우리 모두는 삶의 중요한 순간에 타인이 우리에게 베풀어준 것으로 인해
정신적으로 건강하게 살아갈 수 있다.
—슈바이처

나는 악의 없이 다른 사람을 씹을 수 있다. 나는 유감없이 정부에 대해 불평할 수 있다. 나는 온몸이 푹 젖지 않아도 날씨에 대해 투덜거릴 수 있다.

내가 유연하고 자비로울 때 나는 행복하다. 내가 경직되고 올바를 때 나는 불행하다. 그게 단순함이다.

Carpe Diem 오늘 나에게 쓰는 마음의 편지…

평화 속에서

주께서 심지가 견고한 자를 평강에 평강으로 지키시리니 이는 그가 주를 의뢰함이니라.
—이사야서 26장 3절

자아에게 외관은 전부이다. 예를 들어 플란넬 잠옷의 폭신폭신한 면이 아무 쓸모없는 바깥 천이 된다. 그처럼 자아에게는 우리 육신의 모습과 외적인 행동이 모든 것인 반면, 그 행동 뒤에 숨은 생각은 고려의 대상조차 되지 못한다.

그럼에도 불구하고 현실 속에서 우리가 머무는 곳은 마음이다, 행동이 아니라. 하지만 자아는 그것을 진정으로 헤아리지 않는다. 그래서 우리는 아침 시간을 온통 준비된 것처럼 보이는 데 이를테면 깔끔하게 머리 빗기, 제대로 옷 입기 등에 쓰지만 헝클어진 마음으로 집을 나선다.

영적인 길에서는 그 반대여야 옳다. 형태는 부차적인 내용이다. 그러므로 내가 무슨 말을 하고 어떤 행동을 해야 할지에 대한 의문으로 가득 차 있다면 나는 이미 자아에 사로잡혔다. 질문을 해방하고 생각하는 것을 신에게 맡겨라.

이제 내 행동은 조화와 평화에서 마땅히 취해야 할 형태로 흘러나올 수 있다. 평화 속에 자리 잡은 행동에 의문은 없다. 그런 행동이 해가 될 수 없는 이유는 평화가 동반하기 때문이다.

Carpe Diem 오늘 나에게 쓰는 마음의 편지…

나와 함께 하시네

기도는 말보다 깊은 것입니다. 기도는 말로 고백하기 이전에 이미 마음속에 있었고
간구의 마지막 말이 입술에서 그친 뒤에도 기도는 여전히
우리의 영혼 속에 남아 있기 때문입니다.
-오 할레스비

어렸을 때 나는 아플 때마다 풀톤 부인을 찾아가곤 했다.
그녀는 눈을 감고 조용히 기도했다.

저는 당신과 하나이옵니다.
아, 당신은 영원불멸하신 분
저는 당신이 거하신 곳에 있고
저는 당신 그 자체이고
제가 있는 이유는 당신이 존재하시기 때문입니다.

그리고 그때마다 나는 깨끗하게 완치되었다. 사춘기 시
절에 나는 그녀를 형이상학적인 질문으로 고문하기 시작

했다. 그러면 풀톤 부인은 그저 눈을 감고 똑같은 기도를
되풀이했다.

그리고 나는 그 의문에서 치료되었다. 심지어 그녀의 아
파트를 떠날 때 천사들이 나와 함께 했는지조차 기억하지
못했다.

즐기는 것

우리의 인생은 우리가 무엇을 부족하다고 여기는지에 따라 달라진다.
–알프레드 아들러

좋은 우정을 갖는 열쇠는 내 친구들을 즐기는 것이다. 좋은 부모가 되는 열쇠는 내 자식들을 즐기는 것이다. 멋진 결혼 생활을 하는 열쇠는 아내를 즐기는 것이다. 그리고 영적인 길을 걷는 열쇠는 나 자신을 즐기는 것이다. 세상의 외피 아래에 즐거움이 있다.

Carpe Diem 오늘 나에게 쓰는 마음의 편지…

기적

기적은 하늘을 날거나 물 위를 걷는 것이 아니라, 땅에서 걸어다니는 것이다.
—중국 속담

기적은 빛의 선물이지 세속적인 선함의 선물이 아니다. 그것은 내가 대하는 세상 전체에서 빛난다. 배경 속에 새로 파인 틈새는 내가 속했다고 생각하는 이 연극 뒤에서 뭔가가 흘러가고 있음을 말해준다.

Carpe Diem 오늘 나에게 쓰는 마음의 편지…

치료의 문제

자기 중심적인 사람은 절대 행복하지 않다. 만족한 인생을 보내는 비결은
다른 이에게 보다 많은 사랑과 기쁨과 행복을 나누어주는 데 있다.
자기의 일만 생각하고 있는 인간은 그 자신마저도 될 자격이 없다.
– 《탈무드》 중에서

조엘 골드스미스의 말이다.

"치료의 문제는 당신이 누구를 거리로 다시 내몰고 있는지 모르는 것이다."

이처럼 항상 마음을 치료하고 육신이 제 이야기를 하도록 하라. 만일 내가 마음속으로 누군가 의지하고 내 마음을 치료한다면 분명 육체 또한 치료될 것이다.

Carpe Diem 오늘 나에게 쓰는 마음의 편지…

치료의 힘

어떤 누구도 치료받지 못한 채 내 앞을 지나가지 않도록 하라. 한 명의 노숙자도, 한 명의 상처입은 아이도, 한 명의 트럭 운전수도, 한 명의 분개한 점원도. 신의 만인 평등한 사랑이 비치지 않는다는 생각이나 상상을 고쳐줘라.

유일한 능력은 보유할 가치가 있고 모든 이들이 이미 그것을 갖고 있다. 치료를 실천하라. 그러면 당신은 치료사가 될 것이다.

육체적인 치료를 사랑의 상징으로 베푸는 것은 좋다. 닭고기 수프를 제공하는 것도 좋다. 하지만 신이 어떤 이를 치료하고 다른 이를 치료하지 않는다거나 신이 닭고기

수프를 만드는데 그것이 걸쭉한 야처 수프로 판명되리란
생각은 단 1초도 믿지 마라.

값진 사랑

남의 행복을 몹시 싫어하고 남의 행복 위에 자기의 행복을 세우려는 사람은
결국 그 자신도 행복하게 되지 못한다.
-데이비드 로렌스

예수님은 오직 친구와 가족들만 축복한 게 아니다. 우리가 우리 아들딸을 경기에서 이기게 해달라고 기도할 때 우리는 기도의 모든 핵심을 놓친다.

결과를 통제하는 데 모든 흥미를 잃을 때 나는 마침내 내가 마음에 둔 사람들을 모두 자유롭게 사랑하게 될 것이다.

Carpe Diem 오늘 나에게 쓰는 마음의 편지…

눈으로 볼 수 없는 것

진리의 말이 반드시 위대한 사람에 의해 말해지는 것은 아니다. 말한 사람이 세 살배기 어린아이라도 그 말이 진리일 때는 성현의 말처럼 생각해야 한다 흔히 고위직 사람이 말할 때는 경청하지만 비천한 사람이 말할 때는 금언이라도 가볍게 여긴다. 더구나 충고하는 사람에 대해 무시하는 경우도 있다. 하지만 그로 인한 손해는 결국 자기에게 돌아가는 것이다.
―타쿠안 소호

어떤 사람은 맥주를 마시며 텔레비전으로 운동경기를 시청하고 그의 팀을 열렬하게 응원하며 가끔 이렇게 말한다.

"얼씨구, 내 손이 운다."

또 다른 사람은 책을 읽고 영적인 주제에 관한 모임에 참가하고 운동경기에서 어느 편도 들지 않는다. 이때 우리는 전자보다 후자를 더 영적이라고 말한다.

하지만 첫 번째 사람이 자애로운 부모이자 헌신적인 배우자이고 좋은 친구인 반면, 두 번찌 사람은 완고하고 옳고 그름을 따지며 애정이 메말랐을 수 있다.

어떤 모임에 나가서 토론을 위한 토론을 하는 한쪽 배우자보다 '영적으로 무식한' 그 짝이 훨씬 더 인간적인 부부를 우리는 모두 알고 있다. 심지어 대부분의 어린아이들이 주변 어른들보다 더 인간이 되었다. 그리고 아이들은 영적인 개념조차 이해하지 못한다!

각성

인간은 자기 그림자 속에 서서 왜 세상이 이토록 어두운지 궁금해하는 존재다.
—선의 공안

우리가 각성할 때 우리 행동이 변할 것이다. 하지만 행동을 변화시킴으로써 우리는 각성하지 못한다.

Carpe Diem 오늘 나에게 쓰는 마음의 편지…

사람을 대하다

우리는 누구나 남이 좋아하기 바란다. 자신이 뛰어난 지식을 자랑하는 듯한 인상을 주는
태도는 결코 남의 호감을 얻지 못한다. 남이 나를 좋아하도록 하는 비결은 상대방의
기분을 유쾌하게 해주는 점에 있다.
—로렌스 굴드

마음은 신이 베푸는 사랑의 완전함을 받아들이지만 육체
는 그것을 조각조각 분배한다. 그러므로 나는 인색해질
'권리'가 없다. 나는 아내와 아이들과 나를 중요하게 여기
는 다른 이들을 도와야 한다.

나는 그들의 상실을 동정하고 그들의 승리를 기뻐해야
한다. 나는 '정직'이란 이름으로 그들의 행복을 짓밟아선
안 된다.

'반응'을 보이지 마라. 진실을 줘라. 대부분의 사람은
그들이 멋지냐고 진정으로 묻고 있다. 그리고 그에 대한
내 진심으로 가득 찬 대답은 "그렇다!"이다.

신외 아이들은 각각 귀여움과 사랑을 받는다. 제아무리 진실이 호혜적이지 않다는 것을 마음과 기도 속에서 잘 안다 해도 바로 그 순간에 나는 한 사람을 대하고 있다.

"나는 정직해야 해."

"나는 나 자신에게 진실해야 해."

이런 말은 거의 항상 자포자기이거나 배신의 서론이다.

Carpe Diem 오늘 나에게 쓰는 마음의 편지…

그대로의 존재로

절대로 고개를 떨구지 마라. 고개를 쳐들고 세상을 똑바로 바라보아라.
-헬렌 켈러

"난 내 감정을 당신에게 알려주고 싶어요."

하지만 신은 사랑이다. 우리는 창조되어진 그대로의 존재로서 우리의 부정적인 존재를 항상 새롭게 곱씹을 필요가 없다.

Carpe Diem 오늘 나에게 쓰는 마음의 편지…

옹졸한 마음

거만한 사람은 타인과 거리를 둔다. 그런 거리에서 보면 타인이
자신에게는 작게 보이기 때문이다. 그러나 결국 자기 자신도
그들에게 작은 크기로 비친다는 것을 잊고 있다.
—찰스 칼렙 콜튼

우리의 치료, 견해, 다른 영적인 감정에 대해 서로 돌아가며 이야기를 나눠봤자 도움이 안 되는 이유는 그런 대화가 개별적이고 사랑이 담겨 있지 않아서다. 우리는 옹졸한 마음을 개입시켜 특별한 감정에 대해 말하기 시작하고, 다른 사람들은 자신이 신의 파티에 초대되지 못했다고 생각한다.

Carpe Diem 오늘 나에게 쓰는 마음의 편지…

헤아릴 일

나는 지금까지 자기의 욕구를 충족시키려고 노력하기보다는
오히려 그것을 억제하려 함으로써 행복을 얻을 수 있음을 알게 되었다.
-존 스튜어트 밀

우리가 특별하고 개별적이기를 선택할 때마다 사랑과 일체감과 우리 삶의 완전함의 증거가 하나둘 사라지기 시작하는 게 여실하게 보여야 한다.

Carpe Diem 오늘 나에게 쓰는 마음의 편지…

세상의 빛이 되다

한 방향으로 깊이 사랑하면 다른 모든 방향으로의 사랑도 깊어진다.
－안네-소피 스웨친

우리가 딱 한 명의 타인과 단일성을 맛볼 수 있다면 우리
는 세상의 빛이 되어간다.

Carpe Diem 오늘 나에게 쓰는 마음의 편지…

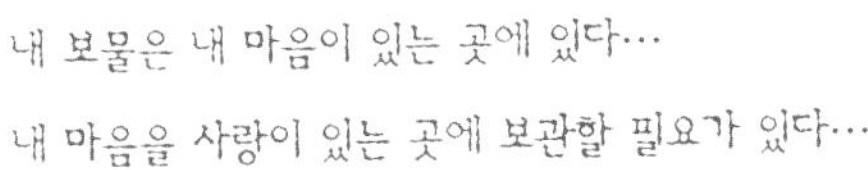

내 보물은 내 마음이 있는 곳에 있다…

내 마음을 사랑이 있는 곳에 보관할 필요가 있다…

잘못된 사람?

사람을 만날 때 우리는 그 사람이 어디 출신이며 어떤 사람인가 하는 선입견을 버리고
곧바로 신과 대화를 한다고 느껴야 한다. 책을 읽지 말고 영혼을 읽어야 한다.
그렇게 될 때 조그만 예배당은 천상의 돔처럼 커다랗게 드러날 것이다.
—에머슨

항상 '잘못된' 사람에게 이끌리는 게 아니다. 비정상적인 뭔가 계속되지 않는 한 이상적 치로 파트너에게 매력을 느낀다. 계획적인 사람과 충동적인 사람, 따지길 좋아하는 사람과 '놔두기' 원하는 사람, 돈을 펑펑 쓰는 사람과 검소한 사람, 집에 있기 좋아하는 사람과 파티를 즐기는 사람. 이들이 함께 하는 건 불행일까?

Carpe Diem 오늘 나에게 쓰는 마음의 편지…

짝

내가 남을 알지 못하는 것이 죄일 뿐이다. 남이 알아주지 않는 게 무슨 죄란 말인가.
―장영실

거의 모든 면에서 당신과 반대되는 듯한 사람을 곁에 두고 있다면 제대로 짝을 고른 것이다. 어떤 면에서 당신의 짝은 당신이 거절당한 장점의 저장고이다. 당신의 짝을 용서하라. 그러면 두 사람이 완전한 하나가 될 것이다.

Carpe Diem 오늘 나에게 쓰는 마음의 편지…

한 몸이 되어가다

다른 감정이 하나도 섞이지 않은 순수한 사랑은 우리의 마음 깊숙이 감추어져 있어
우리 자신도 전혀 모르는 감정이다.
-라 로슈푸코

옛 사랑의 서약에는 옳은 부분이 있다. 그렇다, 우리는 정말 한 몸이 되어간다. 우리 자신의 육신은 왼쪽과 오른쪽으로 이루어져 서로 협력한다. 하지만 그 중심도 있다. 용서는 결혼에 구심점을 준다. 어쩌면 지금 이 순간 두 가지 면이 상충하고 있을지 모른다. 그러나 서로의 순수함을 굳게 믿으면 영적으로 완벽한 한 몸이 된다.

Carpe Diem 오늘 나에게 쓰는 마음의 편지…

변화

세상은 거울과 같다. 사람과의 관계에서 겪는 문제 중 대부분은 스스로와의 관계에서 겪고 있는 문제를 거울처럼 보여주고 있다. 밖으로 나가서 남들을 바꿔놓을 필요는 없다. 우리 자신의 생각을 조금씩 바꿔 나가다 보면, 주위 사람과의 관계는 자동으로 개선된다.
―앤드류 매튜스

나는 절대로 다른 사람을 진실로 변화시키는 데 성공하지 못할 것이다. 만일 내가 다른 사람이 달라지기를 원하면 나는 짜증 나는 데 성공할 것이다.

Carpe Diem 오늘 나에게 쓰는 마음의 편지…

일치감

사람에게는 사람이 필요하다.
―타고르

"나는 당신에 대해서 책임이 없어요. 나는 내 공간이, 내 영역이, 내 존재 됨이 필요해요."

그렇다, 나는 가끔 그런 감정을 갖는다. 하지만 난 관계 속에 있기 때문에 또한 사랑과 책임과 일치감도 느낀다.

Carpe Diem 오늘 나에게 쓰는 마음의 편지…

당신과 우리

나는 당신을 사랑한다. 당신의 존재를 위해서뿐만 아니라
당신과 함께 있는 나의 존재를 위해서도.
-로이 크로프트

만일 눈에 티끌이 들어가면 온몸이 그걸 느낀다. 당신은 당신만의 개별적인 욕구를 알아차리고 그것을 부합시킨다. 하지만 당신들은 그런 식으로 상부상조할 수 있다. 명심하라, 당신이 결혼했음을. 이제 당신들은 한 몸이다. 가령 코가 가려우면 손이 긁어준다. 손은 "그건 네 가려움이야. 네 문제라고." 하고 말하지 않는다.

Carpe Diem 오늘 나에게 쓰는 마음의 편지…

그대에게 가는 길

서로 사랑하는 두 사람 사이에 한순간이라도 시간이 끼어들게 내버려두면
그것은 자라서 한 달이 되고, 일 년이 되고, 한 세기가 된다. 그러면 너무 늦어진다.
—장 지로드

말싸움을 했느냐, 우리 자신이 되기 위한 시간을 냈느냐 하는 건 문제가 아니다. 문제는 말싸움을 하거나 뒤로 물러선 의도에 있다. 나는 서로에게 고함치고 길길이 날뜀으로써 우정을 강화하는 부부를 알고 있다. 하지만 그들이 그럴 수 있는 이유는 한바탕 치르는 전쟁이 그들을 가깝게 해준다는 것을 서로 알고 있기 때문이다.

Carpe Diem 오늘 나에게 쓰는 마음의 편지…

행복하게 만드는 연습

우리는 잘 모르는 사람을 칭찬하고 뜨내기손님을 즐겁게 해주지만,
정작 사랑하는 사람에게는 생각 없이 무수히 상처를 입힌다.
—엘라 휠러 윌콕스

"다른 사람을 행복하게 만들 수 없어." 하지만 화나게 할 수는 있다. 어떤 말과 행동에 그가 화를 낼지 직감으로 알고 있다. 화나게 하고, 질투하게 하고, 두렵게 할 수 있는데 왜 행복하게 할 수는 없을까? 그건 직감을 부정적으로 사용하는 데 길들여졌기 때문이다. 사람을 행복하게 만드는 연습을 해라. 곧 전문가가 될 것이다.

Carpe Diem 오늘 나에게 쓰는 마음의 편지…

관계 바로잡기

진실로 내 의사에 복종시킬 수 있는 것은 나 자신뿐이다 어찌 남이 내 비위를 맞춰주지
않는 것은 탓하면서 자신의 마음과 몸을 자기의 뜻대로 복종시키려고는 하지 않는가.
—아우구스티누스

부모와 자식, 친구, 형제자매 또는 배우자와의 관계가 압력하에서 망가진다는 건 두말할 여지가 없다. 만일 다른 사람을 행복하게 만들어주고 싶다면 우선 당신 자신이 압력과 요구의 근원이 되고 최후 통첩을 내리기를 그만둬야 한다.

Carpe Diem 오늘 나에게 쓰는 마음의 편지…

진정한 관계

앞서서 걷지 마라, 내가 따르지 않을 수도 있다.
뒤에서 걷지 마라, 내가 이끌지 않을 수도 있다.
옆에 나란히 걸으면서 내 친구가 되어주어라.
―카뮈

많은 부부가 친밀하고 평화롭게 보낸 다음 날이 종종 재난이 된다는 사실을 알고 있다. 자아는 잃어버린 실지를 회복하려고 부단히 노력하고 있다. 우리는 그럴 때 부드럽게 웃어 넘기는 법을 배워야 한다. 진정한 관계란 우리의 개별성을 대체하는 빛이다. 그리고 그럴 때마다 개별성은 반격을 가하는 듯 보인다.

Carpe Diem 오늘 나에게 쓰는 마음의 편지…

쨍쨍 – 마음의 소리

마음 위에 일어나는 불길을 더하지 말고 오직 귓가를 스치는 바람으로 여겨라.
– 《명심보감》 중에서

자아는 쨍쨍거린다. 그게 자아의 본성이다. 그런 분출을 재채기처럼 다뤄라. 오히려 분석하는 게 훨씬 유해하다. 우리의 영적인 관계는 자아의 너무 평범한 몸짓이 아니므로 우리의 일 순위가 될 만하다. 누가 재채기를 하면 우리는 "신의 축복을." 하고 말한다. "그게 정확하게 무슨 뜻이니?"라고 이렇게는 말하지 않는다.

Carpe Diem 오늘 나에게 쓰는 마음의 편지…

진정한 이해

누구도 자기가 하는 말이 다 뜻이 있어서 하는 것은 아니다.
그럼에도 자기가 뜻하는 바를 모두 말하는 사람은 거의 없다.
—H. 애덤즈

개나 갓난아이를 붙들고 "네 행실에 대해 한마디 해주고 싶어."라고 말하지 않고도 잘 지내고 있다. 우리는 이해를 바라지 않는다. 그게 바로 문제다. 내가 아는 부부는 듣거나 말할 수 없는 상황에도 자신들의 문제를 슬기롭게 이기고 사랑 속에서 성장하고 있다. 의사소통 기술을 발전시켜라. 진정한 이해가 담긴 사랑에 잠겨라.

Carpe Diem 오늘 나에게 쓰는 마음의 편지…

순수함

아무런 기대 없이 사랑하는 자만이 참된 사랑을 안다.
-시라

자아와 아무 상관없는 영적인 관계가 있다. 만일 영적인 관계에 부드럽게 안착할 수 있다면 우리는 호르몬의 중단과, 활짝 만발한 육체적 매력의 감소와, 나이의 위축을 뛰어넘어 3년 6개월간 지속될 것이다. 심지어 죽음마저 사랑에 손대지 못한다. 매일매일 각자의 순수함으로 사랑에 잠겨라. 순수함 속에서 우리는 이미 하나다.

Carpe Diem 오늘 나에게 쓰는 마음의 편지…

사랑의 표현

사랑에는 한 가지 법칙밖에 없다. 그것은 사랑하는 사람을 행복하게 만드는 것이다.
-스탕달

우리 집 강아지는 내가 등을 쓰다듬고 배를 긁어주는 것을 좋아한다. 내 아내는 그것을 사랑으로 받아들이지 않을 것이다. 나는 반드시 그 대상이 이해하고 좋아할 수 있는 언어로 사랑을 표시해야 한다.

Carpe Diem 오늘 나에게 쓰는 마음의 편지…

그대가 되어

누군가를 사랑한다는 것은 자신을 그와 동일시하는 것이다.
－아리스토텔레스

자신에게 뭘 좋아하는지 묻지 마라. 심지어 사리분별이 있는 사람이 뭘 좋아할지도 자문하지 마라. 배우자와 자식과 친구가 뭘 좋아하는지 알아차려라. 당신의 이웃을 당신 자신처럼 사랑하는 것은 당신보고 이웃의 자리에 앉으라는 의미가 아니다. 그냥 이웃을 그들이 속한 곳에 가만히 놔둬라. 당신이 그들이 되어라.

Carpe Diem 오늘 나에게 쓰는 마음의 편지…

각각의 성

성은 여전히 정의하기 어렵고, 설명하기 어려우며, 신비스럽다. 이것은 마치 모차르트의
음악과 같다. 하루는 모차르트의 음악을 들은 사람이 그에게 그 의미를 설명해 달라고
요청하자 모차르트는 이렇게 대답했다. "만일 내가 그것을 말로 설명할 수 있다면
나는 이 음악을 작곡하지 않았을 겁니다."
-조지 코넬

섹스는 인생의 과정에서 제거당했다. 예전에는 읽고 쓰기를 배우는 것, 거래를 습득하는 것, 사회적인 삶을 영위하는 것, 자식을 갖는 것, 가족의 일상을 굳히는 것, 그리고 성생활을 하는 것이 모두 하나의 통합된 과정이었다. 이제는 각각의 성적인 나눔이 분석되고 비교되고 심판되어진다.

Carpe Diem 오늘 나에게 쓰는 마음의 편지…

관계

사랑은 합일된 완성의 드라마다. 그것은 개성적이며 또한 자아의 횡포로부터 해방으로 사람을 인도한다. 섹스는 비개성적인 것으로서 사랑과 일치하기도 하고 그렇지 않기도 하다. 섹스는 사랑을 강하게도 하지만 또한 반대로 파괴적으로 작용하는 일조차 있는 것이다.
−헨리 밀러

진정한 관계를 갖지 못한 사람들이 종종 멋진 섹스를 하고, 깊고 영적인 끈으로 묶인 사람들은 종종 초라한 섹스를 한다. 섹스는 단순하게 관계의 건강도를 알리는 풍향계가 아니다.

Carpe Diem 오늘 나에게 쓰는 마음의 편지…

서로의 권리

사랑의 첫 번째 의무는 상대방에게 귀 기울이는 것이다.
—폴 틸리히

섹스가 경쟁적인 권리 즉 "내가 갖고 있지 못한 게 무엇인가?"를 강조하는 경향이 되었다. '욕구에 부합'시켜야 할 권리는 상대의 강요받지 말아야 할 권리와 경쟁한다. 전희를 즐길 권리와 절정에 도달해야 할 권리, 양질의 여운을 느껴야 할 권리와 몸을 씻거나 자야 할 권리가 경쟁한다. 이런 식의 접근은 즐길 욕구를 제거한다.

Carpe Diem 오늘 나에게 쓰는 마음의 편지…

당신을 알기 위해

야다(YADA)는 창조의 행위다. 이것 없이는 자기 완성을 이룰 수 없다.
'야다'라는 말은 히브리어로 섹스라는 뜻으로, 상대를 안다는 뜻이기도 하다.
—《탈무드》 중에서

당연히 두 사람 중에서 한쪽이 다른 한쪽보다 섹스를 더 좋아하거나 다른 유형의 섹스를 선호한다.

그 현상에서 어떤 의미도 읽지 마라. 두 사람 중에서 한쪽이 돼지고기보다 피자를 더 좋아한다. 그래서 어떻다는 건가?

섹스에 대한 불화는 모든 결혼 문제와 같은 이유를 갖는다. 두 사람에게 부부 관계보다 훨씬 중요한 뭔가가 있는 것이다.

단순히 질문하라.

"우리의 우정을 깊이 쌓을 수 있는, 의사소통법을 다정함과 관용의 수준으로 끌어올릴 수 있는 방법은?”

그러면 마음속에 섹스에 대한 불화를 극복할 수 있는 수백 가지 방법이 떠오를 것이다.

불가능한 기대

사람은 누구나 이기적이다. 사람은 누구나 다른 사람보다는 자기 자신에게 더 관심이 많다.
사람은 누구나 다른 사람들로부터 존경과 인정을 받고 싶어 한다.
좋은 인간관계를 유지하고 싶다면 이 세 가지 사실을 확실히 기억하라.
-레스 기블린

제발 신이시여,

인간관계가 아주 작은 압력을 견딜 수 있음을

명심하게 해주십시오.

하지만 왠지 다들 결혼은 다르다고 생각한다. 내 배우
자가 내 과거를 치료하고 내 욕구를 만족시켜야 한다는
실현 불가능한 기대 때문에 부부 관계가 평범한 우정보다
훨씬 깨지기 쉬워졌다!

우리의 주요한 관계는 개성에서 유리되어 존재하는 영
적인 현실이다. 그건 우리의 각성 속에서만 성장할 필요가

있다.

 하지만 관계를 포함해 어떤 살아 있는 것도 기대의 무거운 무게로 짓눌릴 때 각성 속에서 활짝 피어날 수 없다.

요구하지 않기

마음을 자극하는 단 하나의 사랑의 명약, 그것은 진심에서 오는 배려다.
—메난드로스

배우자에게 요구하지 마라. 당신이 가예 아무 요구도 하지 않을 수 있다면 더할 나위 없다. 절대로 시험하지 말고 질문을 삼가라. 배우자의 기를 살려주려고 노력하지 마라. 심지어 당신의 배우자에게 제발 요구를 그만하라는 요구조차 하지 마라.

Carpe Diem 오늘 나에게 쓰는 마음의 편지…

있는 그대로의 당신

다른 누군가가 되어서 사랑받기보다는 있는 그대로의 나로서 미움받는 것이 낫다.
-커트 코베인

마음속으로 되풀이해라.

"나는 있는 그대로의 당신과 평화 속에 있다."

그러면 당신 배우자가 서서히 당신을 따라 신의 평화 속에 자리 잡을 것이다.

Carpe Diem 오늘 나에게 쓰는 마음의 편지…

후회할 짓

악한 마음으로 말하거나 행동하면, 마치 수레바퀴 뒤에 자국이 남듯
죄와 괴로움이 따른다.
- 《법구경》 중에서

할까, 하지 말까 망설여지는 질문은 하지 마라. 혀는 매우 통제하기 어렵다. 만일 내가 아내와 나 사이에 불화를 초래할 것 같은 어떤 말을 내뱉고 싶은 충동을 느끼면, 나는 그 말을 하고 싶지 않은 이유가 분명하고 완전하게 될 때까지 오랫동안 뜸을 들인다. 그렇지 않으면 내가 그 말을 해버릴 테니까. 그리고 후회할 것이다.

Carpe Diem 오늘 나에게 쓰는 마음의 편지…

잃지 말아야 할 것

배우자를 돕는 일에 화급을 다퉈라. 그 일에 직관을 발휘하라. 서로가 생각하는 최선의 도움은 확연히 다르다.

먼저 두 사람의 조화가 이루어져야 배우자의 고통이 당신의 것이 될 것이다. 당신의 아픔으로 경험하게 된다. 그 다음에는 배우자의 욕구에 부합하는 것이 당신의 즐거움이 된다. 그것이 치료의 정확한 뜻이다.

하지만 만일 당신의 배우자가 완전히 제정신이 아니라면 어떻게 하겠는가? 당신의 배우자가 자식을 학대한다면? 혹은 불법적인 행위에 연루되어 있다면?

그렇다면 물론 당신은 그 관계에서 즉각 물러나야 한

다. 하지만 배우자의 내면에 깃들어 있는 순수의 씨앗에
대한 믿음은 절대로 잃지 마라.

기쁨에 휩싸이기

그대는 무엇을 꾸미고자 하는가? 우리들은 먼저 허위의 탈을 벗어던지지 않으면 안 된다.
진실은 허위를 벗어던지면 저절로 나타나게 되어 있다. 따뜻한 봄이 오면 겨울옷을
벗어던지듯 그대의 허위의 탈을 벗어던져라. 진리를 이야기하는 자리에 장식은 필요 없다.
—마르셀

순수한 견해를 향하는 삶은 한층 고양된 자유와 함께 한
다. 증오는 쓸쓸함의 파도로 우리를 탈진시킬 수 있다.
하지만 우리가 순수의 나누어진 핵심을 느낄 때마다 기쁨
의 물결 속에 휩싸인다.

Carpe Diem 오늘 나에게 쓰는 마음의 편지…

진정한 기쁨

어린이의 사랑은 '나는 사랑받기 때문에 사랑한다'는 원리임에 비해,
어른의 사랑은 '내가 사랑하기 때문에 나는 사랑받는다'는 원리입니다.
미숙한 사랑은 '나는 당신이 필요하기 때문에 당신을 사랑한다'이지만
성숙한 사랑은 '나는 당신을 사랑하므로 당신이 필요하다'입니다.
–에리히 프롬

우리는 각각의 행동에 의미를 부여한다. 만일 어떤 부부가 미식가라면 그들은 음식이 주요 문제일 것이다. 하지만 대부분은 음식의 맛보다는 함께 식사를 함으로써 얻는 기쁨을 더욱 중요시하기에 배우자가 음식 솜씨가 없어도 너그럽게 넘긴다. 그렇다면 대화나 섹스를 나누는 단순한 행위가 왜 그다지 중요하단 말인가?

Carpe Diem 오늘 나에게 쓰는 마음의 편지…

즐거움 찾는 존재 되기

그녀(사랑)는 내 안에서 싸우고 정복한다. 그리고 나는 그녀 안에서 살아가며 숨 쉰다.
그리하여 나는 삶과 존재를 가지게 된다.
-세르반테스

음식 비평가가 좋아하는 레스토랑은 극히 적다. 영화 비평가가 좋아하는 영화는 매우 희소하다. 미술 비평가가 좋아하는 그림은 대단히 희박하다. 결혼 비평가가 되지 마라. 대신 쉽게 즐거움을 찾는 존재가 되어라.

Carpe Diem 오늘 나에게 쓰는 마음의 편지…

가장 좋은 조치

사람을 이해하는 방법을 배운다면 그들과 겪는 엄청난 소모전에서 벗어날 수 있을 것이다.
—랠프 엘리슨

운동경기에 혼선이 빚어지면 심판이 나서서 조치를 취한다. 회사 임원들은 사업을 위해 가장 좋은 조치를 단행한다. 하지만 부부는 거의 모든 일에서 가망 없이 격돌한다. 그들은 각기 입장의 옳고 그름에 초점을 맞춘다. 행복한 결혼 생활의 지름길은 "맞아요, 여보."이다. 그렇게 말할 수 없다면 최소한 타인인 양 배우자에게 친절히 대해라.

Carpe Diem 오늘 나에게 쓰는 마음의 편지…

화나게 하고, 질투하게 하고, 두렵게 할 수 있는데

왜 행복하게 할 수는 없을까?

사람을 행복하게 만드는 연습을 해라.

단도직입적인 사랑

모든 기쁨에서 함께 나누며, 조용한 무언의 기억에서 서로 하나가 되는 데 있어서
두 사람의 영혼이 함께 한다는 것을 느끼는 것보다 더 강한 것이 도대체 있을까?
—조지 엘리엇

우리는 바닥에 엎드려 기어다니며, 함께 놀아주며 아이를 사랑함을 보여준다. 애완동물과 입장을 바꿔놓고 생각하며 개가 무엇을 필요로 하는지 안다. 어린아이와 애완동물에게 사랑을 쏟아도 우리가 상처입거나 존재가 말살되지 않음을 이해한다. 그런데 왜, 인생의 배우자를 단도직입적으로 사랑하는 건 위험하다고 여길까?

Carpe Diem 오늘 나에게 쓰는 마음의 편지…

사랑한다는 것

당신을 사랑합니다. 있는 그대로의 당신뿐 아니라 당신과 함께 있을 때의 나도
사랑합니다. 당신을 사랑합니다. 당신이 당신을 만들어가는 것뿐 아니라
당신이 만들어가는 나의 모습 때문에 당신을 사랑합니다.
—로이 크로츠

사랑하는 건, 상대가 가진 모든 유해한 충동을 자동적으로 충족시키는 것이 아니다. 어쩌면 애완견이 죽은 새를 먹고 싶어 할 것이다. 하지만 당신은 개를 위해 새를 먹지 못하게끔 목줄을 잡아당길 것이다. 사랑하는 이를 묶어 놓으라는 게 아니다. 사랑이 광기와 관계없다는 말을 하고 있다. 하지만 우선 그것이 광기인지 확신하라.

Carpe Diem 오늘 나에게 쓰는 마음의 편지…

사랑하는 이유

내가 가지고 있는 모든 것을 다 내주었지만 그 대가로 아무것도 되돌려 받지 못하는 경우도
있다. 그렇다고 사랑을 원망하거나 후회할 수는 없다. 진정한 사랑은 대가를 바라지 않는다.
나는 사랑으로 완성되고 사랑은 나로 인해 완성된다.
—생텍쥐페리

애완 원숭이는 커튼을 찢는다. 약한 고정대에 매달려 그
네를 탄다. 허락도 없이 당신의 빗을 가지고 논다. 입을
벌리고 음식을 먹는다. 밤새 꺅꺅거리며 소란을 피운다.
변기의 물을 내리지 않는다. 모임에 나가지 않는다. 그리
고 양말을 뒤집어놓지도 않는다. 당신이 애완 원숭이를
사랑할 수 있다면 배우자도 사랑할 수 있다.

Carpe Diem 오늘 나에게 쓰는 마음의 편지…

사랑의 축복

사랑의 계산 방법은 독특하다. 절반과 절반이 합쳐 하나가 되는 것이 아니라
오직 두 개가 모여 완전한 하나를 만들기 때문이다.
-조 코데르트

세상은 모든 영적인 개념이 어떻게 표출되어야 하는지에 대한 그림을 갖고 있다. 하지만 영성靈性은 그려질 수 없다. 당신은 일체감을 표면적인 수준에서 행동으로 드러낼 수 없다. 일체감을 표면적인 수준에서 형언할 수 없다.

당신이 모든 동물을 사랑한다고 해서 당신 집을 버려진 고양이로 채우라는 뜻은 아니다. 남편을 사랑한다고 해서 하루 종일 그의 뒤를 졸졸 쫓아다니며 "당신을 사랑해요."라고 말하라는 게 아니다. 아내를 사랑한다고 해서 당신이 실수할 때마다 수백 번씩 사과하라는 게 아니다.

일체감은 마음 깊은 곳에서 우러나오는 행동이다. 그것

은 당신이 살아 있는 그 어떤 것에게도 베풀지 못한 침묵
의 축복이다. 만일 당신이 그 축복을 억누르지 않는다면
뭔가 할 일이 생길 때마다 그것이 므엇인지를 평화롭게
알게 될 것이다.

신의 안경

최고급 선생은 가장 많은 지식을 가진 사람이 아니다.
학생들이 배울 수 있는 능력을 가지고 있다는 사실을 믿도록 만드는 사람이다.
−노먼 커즌스

현재 적절하게 행동하기 위해 나는 우리 아이들을 지금 있는 그대로 봐야 한다. 신의 안경이 사랑이다. 우선 그 안경부터 써라. 그러면 최소한 신이 무엇을 보고 있는지 조금이나마 알 수 있다.

Carpe Diem 오늘 나에게 쓰는 마음의 편지…

규칙의 말

현명한 사람은 모든 것을 자신의 내부에서 찾고,
어리석은 사람은 모든 것을 타인 속에서 찾는다.
―공자

잡지 기사는 내적인 변화를 지향하기보다 능동 지향적이다. 가령 이런 식이다. "당신 자녀가 이렇게 하면, 당신은 저렇게 해야 한다." 그러나 만일 내가 누군가에게 어떻게 행동해야 한다고 규칙을 세우면 그 규칙이 하나의 신으로 격상한다. 그때부터 나는 규칙의 말에 귀를 기울이고 내 마음의 평화를 도외시하게 된다.

Carpe Diem 오늘 나에게 쓰는 마음의 편지…

마음에 귀 기울이기

풀 위에 앉으면 눈을 감고 풀이 되어라. 풀처럼 되어라. 자신을 풀이라고 느껴라.
풀의 푸름을 느껴라. 풀의 촉촉함을 느껴라. 풀잎 위에 햇살이 노니는 걸 느껴라.
풀잎 위의 이슬방울을 느껴라. 그대는 자신의 육체에 대한 새로운 감각을 갖게 될 것이다.
-오쇼 라즈니쉬

나는 잠깐 멈춰 서서 내 고적함과 접촉한다. 그다음 차분한 감각이 이번에는 내게 뭘 하라고 충고할지 그 말을 신뢰하기를 결코 두려워하고 싶지 않다.

Carpe Diem 오늘 나에게 쓰는 마음의 편지…

복잡함 벗기

부모란 자녀에게 사소한 것을 주어 아이를 행복하게 하게끔 만들어진 존재다.
—프레더릭 내시

이것은 진짜 단순하다. 아이가 울 때는 젖을 먹여라. 울지 않으면 그만 먹여라. 아이가 잠들면 침대에 눕혀라. 아이가 놀고 싶어 할 때는 함께 놀아줘라. 그런 식으로 신이 우리를 대하지 않는가? 목자가 양에게 말하듯 "양들아, 나에게도 권리가 있어! 내가 기분이 좋고 준비가 되면 너희의 배를 채워주마!" 하고 신이 말하는가?

Carpe Diem 오늘 나에게 쓰는 마음의 편지…

인생의 초점

원만한 가정은 상호 간의 희생 없이는 절대 영위하지 못한다.
이 희생은 그것을 실행하는 사람을 위대하게 하며 아름답게 한다.
-앙드레 지드

인생의 초점이 나의 분리된 자신이 되었을 때 나는 사랑할 수 없다. 나는 하나의 선택을 해야 한다. 자식과 내적인 아이, 둘 중 누구를 양육할 것인가. 두 아이는 서로 반대 방향으로 향하기에 우리는 두 가지 목적을 한 번에 좇을 수 없다. 내가 자식을 우위에 놓을 때 내적인 아이는 일체감의 따뜻한 빛 속에서 축복을 받는다.

Carpe Diem 오늘 나에게 쓰는 마음의 편지…

주는 것

타인의 슬픔을 같이 해주기에 우리네 인생은 너무도 짧다. 우리 인간은 자기에게 주어진 인생을 살아가기에도 급급하다. 더군다나 실수를 할 때마다 그예 대한 대가를 치러야 한다는 사실은 매우 유감스러운 일이 아닐 수 없다. 실제로 우리는 끊임없이 희생을 치르고 또 치러야 하는 경우가 많다. 그러나 수많은 인간과 관계하는 운명은 이를 감안해주지 않는다.
-오스카 와일드

신의 마음속에서는 주고받는 것이 동시에 일어난다. 하지만 인간관계에서는 주는 것이 먼저다.

Carpe Diem 오늘 나에게 쓰는 마음의 편지…

나의 소명

사랑은 서로가 서로에게 마음을 주는 것이지, 일방적으로
한 사람이 다른 사람을 위해서 희생하는 것은 아니다.
—베시 헤드

부모 노릇이란 무릎을 꿇고 앉아 작은 성인의 발자국을 훔치는 것이 아니다. 나는 자기희생이 아니라 기쁨을 소명받았다. 내가 우리 자식들을 즐길 때 나는 그들의 행동 속에서 고삐를 잡아야 할 올바른 순간을 본능적으로 느낀다.

Carpe Diem 오늘 나에게 쓰는 마음의 편지…

안 돼

문제아동이란 절대 없다. 있는 것도 문제 있는 부모뿐이다.
-닐

"안 돼."를 가능한 적게 하라. 하지만 몇 번은 하라.

어린아이는 아주 드물게 잘 선택된 "안 돼."로 인해 사랑받고 있음을 느낀다.

모든 어린아이가 종종 인생을 향해 비참한 접근을 시도한다. 우리는 현명해지고 그 시도가 너무 지나치지 않도록 막아야 한다.

충동적으로 반응하지 마라. 당신이 지닌 아이에 대한 평온한 지식으로 행동하라. 당신은 아이의 내적인 힘을 인도한다.

당신이 개입해서 "안 돼."라고 말하는 이유는 이제 그 아이가 더 잘할 수 있음을 알기 때문이다.

당신은 직관과 차분한 인지력을 통해 그 아이가 실수로부터 배울 수 있는 모든 것을 다 배웠고, 이제는 엄격한 손으로 아이를 인도할 수 있음을 안다.

우리의 목적

사랑은 지배하는 것이 아니라 자유를 주는 것이다.
-에리히 프롬

우리의 목적은 자녀의 자아가 우리를 미치게 만들지 못하도록 막는 게 아니다. 우리는 자식과 관계를 이루는 것을 걱정하지 않는다. 그리고 분명히 우리는 한 자식을 만들고 있는 게 아니다. 그저 부드럽게 한 고대의 영광에서 먼지를 털어내는 중이고, 그럼으로써 신이 이미 창조한 것을 경외의 눈으로 바라보게 될 수도 있다.

Carpe Diem 오늘 나에게 쓰는 마음의 편지…

당신이 원하는 일

소년을 엄격과 폭력으로 가르치려고 하지 마라. 그의 흥미를 허용하여 지도하라.
그렇게 하면 자기의 능력이 어디로 향하고 있는가 소년 자신이 찾게 된다.
—플라톤

말 조련사는 말을 때려선 안 된다는 것을 알고 있다. 개 조련사는 개를 때려선 안 된다는 것을 알고 있다. 진짜 정직하게 예수님께서 우리가 자녀에게 매를 들기를 원한다고 생각하는가?

Carpe Diem 오늘 나에게 쓰는 마음의 편지…

내가 알고자 하는 것

지혜의 핵심은 올바른 질문을 할 줄 아는 것이다.
—존 사이먼

우리가 무엇을 하기를 원하는가에 대해 다른 사람의 말을 받아들이는 대신, 신의 손을 잡고 솔직하게 질문하는 일에 어떤 해가 따를 수 있을까?

Carpe Diem 오늘 나에게 쓰는 마음의 편지…

지금을 위한 결정

어떤 것에 집착하지 않는 것이야말로 그것이 가지는 절대적 가치를 알아차리는 것이다.
ㅡ스즈키 로시

자식에 대해 어떤 것도 결정하지 말아야 할 이유는 그 결정이 미래에 어떤 식으로 나타날지 짐작할 수 있어서다. 일체감과 평화를 가지고 지금, 그리고 지금을 위해 결정하라. 예수님은 제자들에게 그를 버리지 말라고 요구하지 않았다. 그저 제자들이 그를 버릴 수 없음을 증명했다.

Carpe Diem 오늘 나에게 쓰는 마음의 편지…

가르친다는 것

정보는 지식이 아니다. 지식을 얻을 수 있는 단 하나의 원천은 '경험'이다.
—아인슈타인

나는 이웃이 몰려와 우리 집 새 차를 만지는 걸 좋아하지 않는다. 또 누가 우리 집 냉장고를 뒤지는 행동도 탐탁지 않다. 그런데 왜 나는 자녀가 다른 아이와 장난감을 나누고 싶어 한다고 생각할까? 우리는 자녀에게 자연히 나누는 것을 가르친다. 하지만 어떤 말과 행동도 아이들에게 그들이 느끼지 못한 가치를 심어주지 못한다.

Carpe Diem 오늘 나에게 쓰는 마음의 편지…

당연한 일

아이들은 불손하고 건방지며 성을 잘 내고 시샘도 많다. 호기심이 많아 참견하기 좋아하며 무기력하고 변덕스러우며 수줍음 많고 무절제하며 속을 감춘 채 거짓말도 잘한다. 쉽게 웃고 쉽게 눈물을 보이며 사소한 일에 기뻐하고 괴로워한다. 자신이 괴로운 건 참지 못하면서 남에게 아픔을 주는 일은 쉽게 한다. 이런 아이들의 모습이 우리의 모습과 너무 흡사하지 않은가.
―라 브뤼에르

형제자매의 경쟁은 인간의 자연적인 반응이다. 그 때문에 아무것도 잘못되지 않았다. 고참 고양이는 신참 새끼 고양이를 좋아하지 않는다. 고참 개는 신참 새끼 강아지를 좋아하지 않는다. 그리고 나는 아내가 젊은 남자를 데려와서 "당신의 새 친구를 데려왔어요. 이 사람도 살쾡이를 좋아한대요."라고 말하는 게 싫으리라.

Carpe Diem 오늘 나에게 쓰는 마음의 편지…

사랑하는 방법

가정은 안심하고 모든 것을 맡길 수 있으며, 서로 의지하고 사랑하며 사랑받는 곳이다.
－웰스

자녀들에게 그들이 영적으로 '하나'라거나 서로 좋아해야 한다고 말하지 마라. 아이들의 자아가 충돌한다고 해서 마음속으로 그들을 심판하지 마라. 그저 그들 간의 분쟁의 핵심을 제거하는 일을 하고, 무엇보다 그들을 보호하는 일을 해라. 당연히 당신은 완벽한 성공을 거두지 못할 테지만 그들을 완벽하게 사랑할 수 있다.

Carpe Diem 오늘 나에게 쓰는 마음의 편지…

행동 정당화

모든 행복한 가족은 서로서로 닮은 데가 많다.
그러나 모든 불행한 가족은 그 자신의 독특한 방법으로 불행하다.
—톨스토이

당신이 폭발할 때까지 욕구를 쌓아두는 것은 자녀들에게 친절하지 못하다. 휴식이 필요하면 잠깐 쉬어라. 장기 휴가가 필요하면 오래 쉬어라. 해악은 당신이 휴식을 취하는 데 있는 게 아니라 그 휴식을 정당화하기 위한 방편으로 자녀에게 화를 내거나 적대적으로 행동해야 한다고 당신이 생각하는 데 있다.

Carpe Diem 오늘 나에게 쓰는 마음의 편지…

잘못된 교훈

자신이 배운 것을 모두 잊어버려야 하는 때가 올 것이다.
쓸어 모아 쌓인 쓰레기는 버려진다. 거기서는 어떤 분석도 필요 없다.
―라마나 마하리쉬

우리는 자녀에게 우리 자신에게 친절함으로써 친절한 사람이 되라고 가르친다. 하지만 '전쟁 장난감'을 없애는 것과 스포츠 경쟁이 그 대답은 아니다. 아이들이 "빵빵! 넌 죽었어!"라고 하는 말이 정말 그런 뜻은 아니다.

이런 맥락에서 아이들은 영적으로 더욱 엄밀하다. 우리가 아이들에게 풍요로움이 부적당하고 야망이 허위이며 모든 놀이가 약간의 도덕성을 갖춰야 한다고 확신시킬 때마다 우리는 잘못된 교훈을 가르치고 있다.

세상이 무한한 약속이라고 믿는 때가 있다. 최고가 모든 것을 정당화하는 때가 있다. 심지어 다른 사람을 누르

고 성공함으로써 자신을 과시하고 충족시키려는 때가 있
다. 그때가 되기 전에 앞서서 그런 생각을 소개할 때 당신
은 저항을 만들고 자식의 내적인 성장을 지연시킨다.

불필요한 전투

의무에는 의무를 다한다는 것 이외에는 다른 어려움이 없다.
—알랭

당신의 사춘기 자녀에게 쓰레기를 치우고 좋은 식탁 예절을 익히고 공손하게 전화를 받고 물 잔을 부엌에 갖다놓으라고 전투를 치를 필요가 없다. 만일 의무가 당신과 자녀 사이의 일체감을 덧붙여준다면 그렇게 하라. 만일 그렇지 않다면 의무를 제거하라.

Carpe Diem 오늘 나에게 쓰는 마음의 편지…

당신의 임무

**사랑한다는 것으로 새의 날개를 꺾어 너의 곁에 두려고 하지 말고 가슴에 작은 보금자리를
만들어 종일 지친 날개를 쉬고 다시 날아갈 힘을 줄 수 있어야 하리라.**
-서정주

10대 자녀들의 주요한 임무가 당신에게 '거역하기'이다.
그러니 그것을 너무 개인적으로 받아들이지 마라. 그들은
둥지를 떠나는 단계에 섰고 당신은 부모다. 긴장을 풀고
당신의 운명을 받아들여라. 당신의 임무는 절대로 10대
자녀들에게 '거역'하는 것이 아니다.

Carpe Diem 오늘 나에게 쓰는 마음의 편지…

균형 잡힌 행동

아무리 애쓰거나, 어디를 방랑하든
우리의 피로한 희망은 평온을 찾아 가정으로 되돌아온다.
-올리버 골드스미스

우리는 자녀들에게 실수를 허용하고 그들을 보호해야 한
다. 그것이 균형 잡힌 행동이다.

Carpe Diem 오늘 나에게 쓰는 마음의 편지…

당신의 우선권

비난 속에 사는 아이는 남 헐뜯는 사람 되고, 미움 속에 사는 아이는 싸움하는 사람 된다.
조롱 속에 사는 아이는 수줍음 타는 사람 되며, 참음 속에 사는 아이는 끈기 있는 사람 된다.
격려 속에 사는 아이는 자신감이 넘치고, 칭찬 속에 사는 아이는 감사할 줄 알게 된다.
공정 속에 사는 아이는 정의로운 사람 되고, 안정 속에 사는 아이는 믿음 있는 사람 된다.
격려 속에 사는 아이는 긍지 높은 사람 되고,
인정과 우정 속에 사는 아이는 온 세상에 사랑이 충만함을 배우게 되리라.
−도로티 로우 놀트

모든 종족의 어른은 그 우선권을 어린 것을 양육하고 보호하는 일에 둔다. 심지어 들고양이도 제 새끼를 보호하기 위해서라면 물불을 가리지 않는다. 만일 새끼 고양이를 위험에서 멀리 떼어놓기 위해 생활 터전을 바꿔야 한다면 어미 들고양이는 그렇게 한다. 무려 10번씩이나 옮겨야 한다 해도 어미 고양이는 마다하지 않는다.

"아이들은 세상에 대처하는 법을 배워야 해."

이런 생각의 오류를 범하지 마라. 아니다, 아이들은 그

럴 필요가 없다. 그들은 세상을 치료하는 법을 배워야 한
다. 신이 사랑이라는 진리를 배워야 한다.

당신이 자녀에게 가르칠 수 있는 가장 위대한 교훈은
그들을 위해서라면 당신이 당신의 삶을 하위에 둘 수 있
음이다. 그러니 그렇게 하라. 당신의 삶을 아래에 둬라,
오늘 당장.

Carpe Diem **오늘 나에게 쓰는 마음의 편지…**

줄 수 있는 것

우리는 온갖 선물을 자녀에게 건네준다. 하지만 가장 소중한 선물이라 할 수 있고
자녀에게 무척이나 의미 있는 즉 부모와의 인간적인 교제를 주는 데는 극도로 인색하다.
—마크 트웨인

우리 자녀들은 우리를 볼 수 있다. 그들은 신을 볼 수 없다. 우리의 임무는 신의 사랑을 묘사하거나 그것에 대해 끊임없이 이야기하는 것이 아니라 신의 사랑이 보여질 수 있도록 그것을 반영하는 것이다.

Carpe Diem 오늘 나에게 쓰는 마음의 편지…

당신의 자녀

내가 영을 전하노라. 여호와께서 내게 이르시되 너는 내 아들이라. 오늘날 내가 너를 낳았도다. 내게 구하라. 내가 열방을 유업으로 주리니 네 소유가 땅끝까지 이르리로다.
―시편 2장 7~8절

"당신 자녀의 친구, 아니면 공범자 혹은 하인이 되어야 한다." 이에 대한 모든 질문은 어리석다. 당신은 당신의 자녀다. 신은 단 하나의 자아요, 하나의 존재요, 한 명의 아이를 두었다.

Carpe Diem 오늘 나에게 쓰는 마음의 편지…

단 하나의 진실

방황하고 있을 때는 언제나 지금 이 순간 가장 필요한 것이 무엇인지 알아내기가
가장 어려운 법이다. 만일 그렇지 않다면 그것은 방황이 아닐 테니까.
―키에르케고르

만일 당신 자녀의 마음이 딱 하나의 정직한 생각을 했다면 진실이 그의 가슴속에 뿌리내릴 것이다. 만일 당신 자녀의 눈에 단 한 방울의 눈물이 맺혔다면 그 눈물은 강물이 되어 아이를 신성한 영역으로 이끌 것이다. 그러므로 당신 자녀를 위해서 절망하지 마라.

Carpe Diem 오늘 나에게 쓰는 마음의 편지…

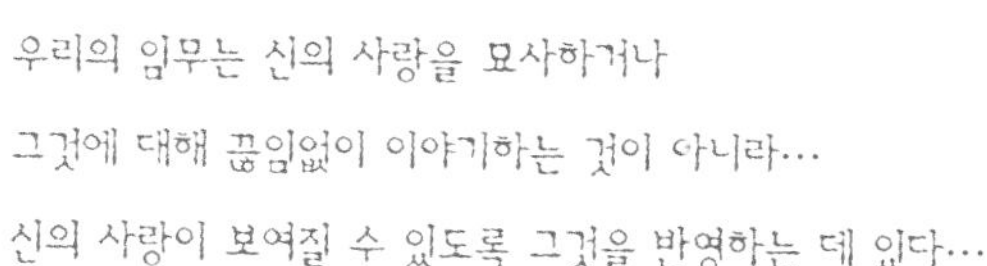

우리의 임무는 신의 사랑을 묘사하거나

그것에 대해 끊임없이 이야기하는 것이 아니라…

신의 사랑이 보여질 수 있도록 그것을 반영하는 데 있다…

순수를 알다

모든 사람은 다른 사람을 통해 자신을 볼 수 있다.
―오쇼 라즈니쉬

우리가 다른 이의 순수를 받아들이기 위해 지불해야 할 유일한 대가는 우리가 우리 자신의 순수를 받아들이게 되리라는 것이다.

Carpe Diem 오늘 나에게 쓰는 마음의 편지…

한 묶음의 마음

비관주의는 기분에 속하고, 낙관주의는 의지에 속한다.
그리고 모든 행복은 의지와 자제로 되어 있다.
−알랭

누군가를 일로써 심판할 수 없고 단지 일을 남겨뒀다고 심판을 뒤로 미룰 수 없다. 우리는 연이어 자식들에게 화 내지 않고 배우자에게만 화난 채 있을 수 없다. 만일 두려 움의 눈으로 뭔가를 바라본다면 걱정과 근심의 기미가 모 든 데 내려앉는다. 심판, 분노, 공포는 한 묶음의 마음 상 태다. 하지만 사랑 또한 완벽한 한 묶음이다.

Carpe Diem 오늘 나에게 쓰는 마음의 편지…

마음 흐르다

너희가 내 안에 거하고, 내 말이 너희 안에 거하면
무엇이든지 원하는 대로 구하라. 그리하면 이루리라.
-요한복음 15장 7절

우리가 신의 마음과 함께 우리의 마음을 흘러가게 할 때
우리의 눈은 전체를 꿰뚫고 우리의 생각은 세상의 영상
위를 가로질러 춤추게 된다.

Carpe Diem 오늘 나에게 쓰는 마음의 편지…

하늘의 속삭임

살면서 우리가 하는 걱정과 근심의 40%는 절대 일어나지 않을 일, 30%는 이미 지나간
과거의 일, 22%는 일어나봤자 별 영향이 없는 사소한 일, 4%는 천재지변 등 어쩔 수 없는 것
이므로 우리가 실제로 걱정하며 해결해야 할 일은 4%에 불과하다.
—어니 J. 젤린스키, 《모르고 사는 즐거움》 중에서

숙고함으로써 근심을 심화시키지 마라. 맹목적인 직관을
받아들이기를 기대하지 마라. 기적적인 변화를 구하지 마
라. 그저 차분하게 앉아서 하늘의 속삭임을 들어라. 그리
고 당신이 일어설 때 당신의 귀에서 그 소리가 메아리치게
하라.

Carpe Diem 오늘 나에게 쓰는 마음의 편지…

오직 당신만이

두려워 마라, 내가 함께 함이니라. 놀라지 마라, 나는 네 하나님이 되느니라. 내가 너를 굳세게 하리라. 참으로 너를 도우리라. 참으로 나의 의로운 오른손으로 너를 붙들리라.
—이사야서 41장 10절

나는 미래도, 과거도 없다. 나에게는 오직 신이 전부다. 그리고 신의 품속에서 두려움이 없다.

Carpe Diem 오늘 나에게 쓰는 마음의 편지…

중요한 것

아버지와 같이 있기를 바라는 것 이외의 것을 바라지 않는 것이
기도의 가장 기본적인 의식이다.
—랙스데일

나는 감정을 강조하지만 경험을 통해 시시각각 감정이 변함을 안다. '나중에는 어떤 느낌을 갖게 될까?'의 척도로 신에게 향하는 나의 태도를 심판해선 안 된다. '기도를 함으로써 자신이 생겼나? 기분이 좋아졌나? 연약함이 덜해졌나?' 같은 건 의미 없다. 중요한 건 '내가 신의 즐거움을 포옹하려고 노력하고 있는가?'이다.

Carpe Diem 오늘 나에게 쓰는 마음의 편지…

세상 속에서

쉴 새 없이 보다 나은 사람이 되기 위해 노력하자. 여기에 인생의 참된 의미가 포함되어
있다. 어떻게 계속해서 앞으로만 나아갈 것인가. 그것은 오직 노력에 의해서 가능하다.
노력 없이는 결코 나은 사람이 될 수 없다. 신의 왕국은 노력의 의해 파악된다. 이것은 결국
악으로부터 벗어나 선인이 되기 위해 노력이 필요하다는 것을 의미한다.
—톨스토이

내 자아는 내 영적인 길에 대해 모든 것이다. 거기에는 하
나의 협의 사항이 있다. 즉, 세상 속에서 노력하라. 심지어
그 노력이 어떤 감정적인 고착보다 더 강하지 않다 해도.

Carpe Diem 오늘 나에게 쓰는 마음의 편지…

영적인 여정

내가 그리스도와 함께 십자가에 못 박혔나니 그런즉 이제는 내가 사는 것이 아니요 오직 내
안에 그리스도께서 사시는 것이라. 이제 내가 육체 가운데 사는 것은 나를 사랑하사
나를 위하여 자기 자신을 버리신 하나님의 아들을 믿는 믿음 안에서 사는 것이라.
―갈라디아서 2장 20절

평화로운 마음으로 선회하는 과정은 감지할 수 없는 것이다. 그 변화는 강렬한 감정을 동반하지 않는다. 수많은 경우에 내가 신의 존재와 평화로움을 무의식중에 받아들인다면 나는 그 사실에 생각을 허비하고 싶지 않을 것이다. 그저 영적인 여정을 지속하고 하늘의 빛이 내 안에서 그리고 나를 위해 비추고 있음을 확신하라.

Carpe Diem 오늘 나에게 쓰는 마음의 편지…

주저함 없이

내가 땅끝에서부터 너를 붙들며 땅 모퉁이에서부터 너를 부르고 네게 이르기를
너는 나의 종이라 내가 너를 택하고 싫어하여 버리지 아니하였다 하였노라.
—이사야서 41장 9절

신은 나에게 오로지 노력하라고 말한다. 기도와 명상에 잠길 때 우리는 결코 외롭지 않다. 우리는 성스러운 노력 속에서 많은 도움을 받고 있다. 내가 나와 함께 하는 일체성을 이용하는 데 주저할 필요 없다. 인도를 요청하라. 도움을 요청하라. 이렇게 말하라. "저는 오늘 당신을 알고 싶습니다. 저에게 그 방법을 알려주세요."

Carpe Diem 오늘 나에게 쓰는 마음의 편지…

실패 없는 행복 찾기

신이시여, 당신의 바다는 더없이 크고, 나의 배는 더없이 작습니다.
-브르타뉴 어부의 기도

문득 쓸데없는 생각에 잠길 때마다 내 마음의 목차가 확실한 방법을 보여줘야 한다고 믿는다. 하지만 이 접근은 실패를 예고한다. 나의 옹졸한 마음은 꽤 좋은 목차를 만들 수 있고 완벽하게 작동한다. 그저 기도로만 내 옹졸한 마음이 매달리는 데 대한 관심을 감소시켜 내 경험이 자연적이고 영원한 행복으로 돌아오게 한다.

Carpe Diem 오늘 나에게 쓰는 마음의 편지…

묵상의 목적

느긋한 마음으로 혼돈을 즐겨라. 삶은 불안정하다. 이것은 삶이 자유롭다는 의미다.
삶이 안정적이라 함은 곧 그대가 그 속에 구속되어 있다는 의미다.
모든 것이 확실하다는 것은 거기에 자유가 없다는 의미다.
−오쇼 라즈니쉬

나는 '고적함'을, 모든 것의 부재 혹은 영적인 무엇의 부재로 보곤 한다. 그러나 고적함은 옹졸한 마음과 같이 할 수 없다. 고적함은 이미 내 안에, 모든 이의 내면에 자리한 진실이기에. 묵상의 목적은, 모든 것이 빛남을 '고적함'으로 인식할 때까지 옹졸한 마음을 가라앉히고 또한 내 관심에서 빗겨나게 하는 것이어야 한다.

Carpe Diem 오늘 나에게 쓰는 마음의 편지…

내가 숨 쉬는 곳

나는 기도의 영 속에서 살고 있습니다. 걸을 때, 누울 때, 일어날 때, 운전할 때
언제나 나는 기도합니다. 그리고 언제나 응답이 내게 옵니다.
-조지 뮬러

기도가 삶의 실천으로 변형되고 있지만 만일 그것이 평범한 일상과 동떨어진 것이라면 기도의 효력이 없다.

신성한 마음이란 공유된 마음이다. 신성한 가슴은 공유된 가슴이다. 삶과 빛과 기쁨 역시 영원히 공유된다. 기도는 단순히 우리가 누구이고, 어디에 있는지 알게 한다. 기도는 그저 평화로운 확신 안에서 숨 쉬고 있다.

Carpe Diem 오늘 나에게 쓰는 마음의 편지…

잘못된 요청

쉬운 인생을 기도하지 말기 바랍니다. 강한 자가 되기를 기도하기 바랍니다.
자신의 능력에 맞는 일감을 달라고 기도하지 말고
일감에 맞는 능력을 갖기를 기도하기 바랍니다.
—브룩스

신으로 채워진 우리는 신 앞에 서고 신의 품속에 있다. 하지만 우리가 기도의 효험을 요청한다면 우리는 시선을 혼란, 즉 모든 비교가 자리 잡은 그곳으로, 의문이 의미 있어 보이는 그곳으로 돌린 것이다.

Carpe Diem 오늘 나에게 쓰는 마음의 편지…

너는 길을 잃은 게 아니다

주여, 바꿀 수 없는 것을 받아들일 수 있는 평온과, 바꿀 수 있는 것을 바꾸는 용기와
이 둘을 분별할 수 있는 지혜를 주소서.
—라인홀드 니버

모든 사람의 마음에 깃든 옛말에 귀를 기울여라.

너는 길을 잃은 게 아니다. 지옥의 벽에 짓눌린 게 아니다. 비현실을 현실로 바꾸는 불가능한 임무를 받은 것도 아니다. 집은 네 안에 있다. 왕국이 네 안에 있다. 그리고 내가 여기에 있다. 아래를 보아라, 지금 내가 네 앞에 무릎을 꿇고 네 성스러운 발을 씻기고 있지 않느냐.

Carpe Diem 오늘 나에게 쓰는 마음의 편지…

이끌어주소서

수고하고 무거운 짐진 자들아. 다 내게로 오라 내가 너희를 쉬게 하리라.
나는 마음이 온유하고 겸손하니 나의 멍에를 메고 내게 배우라. 그리하면 너희 마음이
쉼을 얻으리니 이는 내 멍에는 쉽고 내 짐은 가벼움이라 하시니라.
―마태복음 11장 28절~30절

저는 오늘 당신을 믿습니다.

저를 당신의 품으로 이끄소서.

저를 당신의 빛 속에서 씻기소서.

저를 당신의 고적함으로 채우소서.

저에게 보여주소서, 어둠의 무의미함을

불만과 욕망의 무의미함을

후회와 나태한 생각의 무의미함을

제가 당신과 유리되어 저 혼자 만들었다고 생각한

모든 것의 무의미함을 보여주소서.

저를 껴안고 말해주소서.

제가 당신이 저를 항상 봐왔던 대로 저를 볼 때까지

제가 당신이 저를 영원히 아는 대로 저를 알 때까지

제가 결코 떠나지 않았던 곳에서 저 자신을 발견하고

당신의 기쁨 속에서 목욕하고

당신의 사랑 속에서 안전하고

집과 휴식과 당신과 하나 됨에 있는

저 자신을 발견할 때까지.

Carpe Diem 오늘 나에게 쓰는 마음의 편지…

감정 보호막

감정을 통제하고 억제하려는 데 대한 인간의 무능력을 '예속'이라고 본다.
왜냐하면 감정에 지배받는 인간은 자기의 주체적 권리가 아니라 운명의 권리하에
놓이기 때문이다. 스스로 보다 좋은 것을 알면서도 보다 언짢은 것에 따르도록
종종 감정의 횡포에 끌려가는 정도로 운명의 힘에 좌우되기 때문이다.
―스피노자

통계학적으로 소심한 운전자는 태평스런 운전자보다 사고율이 적다. 그럼에도 수많은 소심한 운전자가 사고를 당한다. 어떤 육체적인 감정도 당신을 보호할 수 없다. 심지어 고적함과 평화마저 어떤 특전을 줄 수 없다. 임시방편으로 호혜적인 두려움이 당신에게 그 어떤 제의를 한다 해도 그것은 모든 것을 대신할 가치가 없다.

Carpe Diem 오늘 나에게 쓰는 마음의 편지…

반드시 실패할 일

의심이 깊은 사람은 사는 것 자체를 근본적으로 의심한다. 즉, 자신은 무엇인가, 어디에서 와서 어디로 가는가, 무엇을 하고 있는가라는 사항에 답할 수 없다. 그러므로 그런 사람의 무의식이 자신 없는 사람으로 만드는 것은 당연하다. '내가 하고 있는 일도 잘 모르고 믿음도 없으므로 잘될 리 없다.' 믿음이 없는 사람은 이런 식으로 마음속 깊이 불안이 쌓여 있다. 의심에 자기 이미지가 약해지는 건 대체로 자신이 직면한 곤란을 지나치게 생각하고 있을 때다.
―노먼 빈센트 필

신의 평화는 당신이 항상 대문을 활짝 열어두거나 뒷주머니에 빳빳한 지폐를 한 움큼 가지고 위험한 거리를 활보하는 것을 뜻하지 않는다. 당신이 영적인 진실을 시험하려고 들 때 우리는 틀림없이 실패한다.

Carpe Diem 오늘 나에게 쓰는 마음의 편지…

무모함으로 헌신

관심과 헌신은 다르다. 어떤 일에 관심이 있으면 시간이 날 때 혹은 하고 싶을 때만
그것을 한다. 하지만 헌신이면 어떤 변명도 받아들이지 않는다.
－켄 블랜차드

아이들이 빨리 큰 문제에 빠질 수 있는 이유는 조심성이 없어서다. 10대 청소년들이 무분별한 위험을 초래하는 이유는 무모하기 때문이다. 세상에서 무모함은 비현실적이고 평온은 무의미하다. 그럼에도 불구하고 말하니, 신의 평화를 향해 당신 자신을 전적으로 헌신하라.

Carpe Diem 오늘 나에게 쓰는 마음의 편지…

자아의 반대

인간은 모든 생물 가운데 가장 감정적인 존재다.
-리처드 래저러스

걱정, 추측, 신경질, 불안 등 안달하는 감정은 잘 짖는 개와 같다. 어쩌면 그 짖는 소리는 주의를 기울이라는 신호일 수 있다. 막 입을 떼려던 몰지각한 화제, 막 계약하려던 현명하지 못한 계약, 반드시 떠나야 하는 위협적인 환경 등. 하지만 그 소리는 대개 자아의 끊임없는 반대에 불과하다. 각성하고 자기의 직관을 찾으라는.

Carpe Diem 오늘 나에게 쓰는 마음의 편지…

진실 집착증

대체로 진실에는 두 가지 면이 있다.
따라서 우리들은 어느 한쪽에 치우치기 전, 먼저 그 양면을 잘 살펴보아야 한다.
―이솝

우리가 두려워하는 이유는 진실이 부재한 것처럼 보이기 때문이다. 가장 표피적인 방법을 제외하고 아무도 어떤 상황의 '현실'이 무엇인지, 혹은 거기에 어떤 의미와 중요성이 함축되어 있는지 동의할 수 없다.

어떤 유권자는 특정한 정치인에 대한 진실을 볼 수 있지만 또 다른 유권자에게는 그 반대가 진실이다. 어떤 도시나 국가에게 명백한 진실이 다른 도시와 국가에서는 전혀 진실이 아니다.

심지어 가족 사이에서도 가장 사소한 문제에 대한 진실이 무엇이고, 가장 중요한 점이 무엇인지를 놓고 깊은 불화가 야기될 수 있다.

텔레비전으로 방송된 운동경기 중에 팬과 해설자는 방금 무슨 일이 일어났는지를 놓고 일치하지 못할 뿐 아니라, 모든 카메라앵글이 각기 다른 '관점'을 보여준다. 그리고 재판 중에 한 명의 목격자는 다른 목격자와 상이한 뭔가를 봤노라고 신의 이름을 걸고 맹세한다.

이런 진실이 부재하는 듯한 현상기 전 세계를 진실 집착증으로 몰아가는데도 우리는 우리 자신이 한 말이나 다른 사람도 들은 말에 대해서 심란한 의문을 가진다.

내 안의 공포

위험에 대한 공포는 위험 그 자체보다 천배나 더 무겁다.
―디포

'진실'이 우리가 걷는 땅이다. 그럼에도 불구하고 그것이 우리의 발밑에서 흔들리고 있다. 헤아릴 수 없이 많은 진실이 셀 수 없이 많은 공포를 이끌고 심지어 공포 자체의 본질과 가치가 대조적인 빛 속에서 보여지고 있다. 그런데 바로 그 옆에서 영화와 책은 철저하게 무모한 이상형을 제시한다. 주요한 인물은 종종 아무것도 두려워하지 않는다. 기름진 음식, 담배, 자연재해, 연쇄살인, 빗발치는 총알 등 그 모든 것이 그들에게는 일고의 가치가 없다.

그와 대조적으로 언론 매체는 수많은 새로운 공포에 관해 정당한 사유를 쏟아붓고 공포에 젖은 개인들에게 동정적으로 초점을 맞춘다.

어떤 연구원이 공포가 많은 사고와 질병의 원인이라고
발표하는 반면에 다른 전문가는 우리의 마음을 '준비시
킴'으로써 공포가 사고나 수술의 고통스런 회복을 개선시
킬 수 있다고 말한다.

그리고 오늘날 우리는 공포가 우리에게 위험을 피하게
하는 직감으로 작용할 수 있다는 말을 듣고 있다. 하지만
다른 목소리들은 공포는 '자기만족적'이고 우리가 두려워
하는 것을 일으킬 수 있다고 주장한다.

우리가 공포를 어떤 식으로 이용하든 상관없이 그것은
우리가 일관성 있게 고려할 수 있는 어떤 것도 제공하지
못한다.

Carpe Diem **오늘 나에게 쓰는 마음의 편지…**

의미 없는 공포

나는 인생의 복잡한 문제에 관해 내부로부터 해답과 해결책을 찾지 못하면
그것들은 결국 별 의미가 없다는 사실을 아주 일찍부터 깨달았다.
-칼 구스타프 융

하나의 주어진 공포의 의미가 무엇인지 그것에 대해 어떻게 해야 할지를 결정할 최후의 방법은 없다. 그저 공포 속에는 신이 없고 그 때문에 공포가 깃든 모든 형태에서 믿을 수 있는 의미가 존재하지 않을 뿐.

Carpe Diem 오늘 나에게 쓰는 마음의 편지…

신의 진실

여호와는 나의 목자시니 내게 부족함이 없으리로다. 그가 나를 푸른 풀밭에 누이시며
쉴 만한 물가로 인도하시는도다. 내 영혼을 소생시키시고 자기 이름을 위하여 의의 길로 인도
하시는도다. 내가 사망의 음침한 골짜기로 다닐지라도 해를 두려워하지 않을 것은 주께서 나
와 함께 하심이라. 주의 지팡이와 막대기가 나를 안위하시나이다.
−시편 23장 1∼4절

신에 대한 진실을 담은 이야기는 없다. 토론하거나 방영할 수도 없다. 목격자가 있다 해도 그는 신의 존재를 증명할 수 없다. 그럼에도 신의 진실은 평화를 가져다준다. 모든 사람에게 불변하는 진실은 딱 하나다. 평화에서 얻는 따뜻한 위로와 휴식을 벗어나서는 아무도 살아남지 못한다는 것, 그렇기에 신의 진실은 사랑이다.

Carpe Diem 오늘 나에게 쓰는 마음의 편지…

불필요한 물음

자기 앞에 어떠한 운명이 가로놓여 있는가를 생각하지 말고 앞으로 나아가라. 그리고
대담하게 자기의 운명에 도전하라. 거기에는 인생의 풍파를 헤쳐나가는 묘법이 있다.
운명을 두려워하는 사람은 운명에 먹히고 운명에 도전하는 사람은 운명이 길을 비킨다.
―비스마르크

진실은 사실이다. 그것은 지금 우리를 기다리고 있는 영원한 환영歡迎이다. 아무것도 우리의 고향을 바꿀 수 없다. 그 광채는 우리의 마지못한 노력으로 소멸되지 않는다. 당신의 실수를 잊어버리고 다시 시작하라. 신의 평화 속으로 곧장 가라. 뒤를 돌아보지 마라. 네가 드디어 목적지에 도착했는지 묻지 마라. 그저 계속 걸어라.

Carpe Diem 오늘 나에게 쓰는 마음의 편지…

왕국이 네 안에 있다. 그리고 내가 여기에 있다.
아래를 보아라, 지금 내가 네 앞에 무릎을 꿇고
네 성스러운 발을 씻기고 있지 않느냐.

나를 사랑하사

**사랑의 첫 번째 계명은 '먼저 희생하라'다. 사랑하는 이를 위해 기꺼이 희생할 수 있어야 한다.
자기희생은 사랑의 고귀한 표현이기 때문이다.
―발타자르 그라시안**

우리는 안전거리를 지킬 수 있는 한 오래 편안하게 신을 경배하고 있다. 그것은 집채만 한 고릴라들이 앉아 있는 바를 훑어보고 그중 한 마리가 다정하고 우호적인 것 같지만 그리 확신하지 못하는 것과 같다. 그래서 우리는 주님에 대한 찬양가를 부르지만 그가 우리의 발을 씻기고, 손수 먹였다는 생각으로 마음이 편치 못하다.

Carpe Diem 오늘 나에게 쓰는 마음의 편지…

아무것도 하지 않는 일

삶의 목적은 행복이며 행복은 마음의 평정 상태이다.
—에픽테토스

그곳에는 가야 할 곳도, 해야 할 일도 없다. 이 오래된 진실을 듣고 자아는 생각한다.

'아, 그럼 나는 의자에 앉아 있어야겠구나.'

하지만 의자에 앉아 있는 것은 뭔가를 하고 있는 것이다.

Carpe Diem 오늘 나에게 쓰는 마음의 편지…

신이 바로 현실

보라, 하나님은 나의 구원이시라. 내가 신뢰하고 두려움이 없으리니
주 여호와는 나의 힘이시며 나의 노래시며 나의 구원이심이라.
그러므로 너희가 기쁨으로 구원의 우물에서 물을 길으리로다.
—이사야서 12장 2~3절

신은, 우리가 토론하도록 요청되어진 일련의 규칙도 아니고 우리가 방어해야 할 믿음도 아니다. 신은 우리를 필요로 하지 않는다, 이미 우리를 가졌기에. 신은 우리의 눈에 부드럽게 깃든 우아함이요, 마음을 공포로부터 지켜주는 존재요, 벗을 수 없는 환영이다. 신이 바로 현실이다.

Carpe Diem 오늘 나에게 쓰는 마음의 편지…

갈가리 찢다

사물을 생각하는 데는 이론이 필요하다. 그러나 기하학에서 풍경을 그릴 수 없듯
이론만으로는 사물을 생각할 수 없다.
—빅토르 위고

《수많은 기적 안에 있는 하나의 과정》의 저자 빌 테트포드는 거대한 영적인 치료 그룹을 운영하는 사람의 방문을 받았다. 그는 다른 그룹의 책임자와 어떤 특별한 단계의 의미를 놓고 이견을 벌였다며 빌에게 그 의미를 해석해주길 바랐다. 빌은 이렇게 말했다. "책을 갈가리 찢어버려. 자네와 형제 사이에 어떤 것도 개입해선 안 돼."

Carpe Diem 오늘 나에게 쓰는 마음의 편지…

당신에게 향하다

지혜가 깊은 사람은 자기에게 무슨 이익이 있을까 해서, 또는 이익이 있으므로 해서 사랑하는 것이 아니다. 사랑한다는 그 자체 속에 행복을 느낌으로 해서 사랑하는 것이다.
—파스칼

내가 발견한 바에 의하면 대부분의 상담 집회에서 도움을 구하는 행위는 진정으로 신을 원하는 게 아니다. 참석자들은 배우자, 건강, 개성 또는 그들의 삶의 환경이 바뀌기를 원한다. 그런 행위에는 항상 신을 세상의 사건 속으로 불러들이고 신을 이용해서 개인적 어려움을 제거하고 우리의 삶을 향상시키려는 거대한 욕망이 도사리고 있다.

대부분의 종교와 영적인 사상과 철학적인 운동까지 개인적인 힘과 지위 상승의 수단을 약속한다. 신을 지칭하는 어휘는 많다. 우주적인 지식, 신성한 법칙, 우주의 에너지, 지배적인 원칙 등. 하지만 우리는 항상 우리에게 행복한 세상을 주는 이 힘에 마구를 채우기 위해 분투한다.
우리는 신이 우리에게 향하기를 원하지, 우리가 신에게 향
하는 것을 원치 않는다.

마법 지팡이

종교는 환상이며 그것이 우리의 본능적 욕망과 일치한다는 사실로부터 그 힘이 생긴다.
–프로이트

신의 '신비로운 방식'에 대한 말을 들을 때 나는 하늘에서 거대한 아이가 마법 지팡이를 들고 개인, 행성, 태풍, 구름, 야구팀 또는 그 밖에 재미있을 것 같은 대상을 마구잡이로 톡톡 두들기는 영상을 상상한다. 그렇게 수많은 종교가 두려움으로 채워진 것도 하나 놀랍지 않다.

Carpe Diem 오늘 나에게 쓰는 마음의 편지…

육신의 축복

마음이 어지러워 즐거움만 찾으면 음욕을 보고 깨끗하다 생각하여
욕정은 날로 자라고 더하니 스스로 제 몸의 감옥을 만든다.
- 《법구경》 중에서

우리는 서로서로 우리의 마음이 육치에게 명령한다고 말하지만 그 반대의 경우가 다반사다. 온종일 우리는 모든 관심을 육신에 집중하고 마음을 그 하인으로 만든다.

"내 육체의 기분이 어떻지?"

"내 육체가 최고의 상태인가?"

"무슨 수를 써야 내 육체가 말을 잘 들을까?"

"내 육체가 헝클어진 머리를 하고 있나?"

"어떻게 해야 내 육체가 많은 돈을 가질 수 있을까?"

당연히 우리는 신의 근심거리도 똑같다고 생각한다. 우

리가 많이 명상하고 기도하는 만큼 사랑하는 사람이나
우리 자신의 육신이 '축복' 받을 것이다.

기적의 영광

사람들은 자신의 두뇌나 마음을 키우기 위한 것보다도 몇 천배나 더 많이
부를 얻기 위해 마음을 쓰고 있다. 그렇지만 우리들의 행복을 위해 도움이 되는 것은
의심할 바 없이 인간이 밖에 가지고 있는 것보다도 안에 가지고 있는 것이다.
－쇼펜하우어

오늘 우리들 대다수는 논리상 단순한 실수를 저지른다.

만일 세상이 그저 하나의 계획에 불과하다면 우리는 우리 마음속의 모든 것이 이미 계획된 것이거나 세상 속에서 증명되리라고 추론한다. 이것이 소위 '고위 법'이다.

하지만 우리는 또다시 마음과 육신을 혼동하고 있다. 우리 개인의 주변에서 소용돌이치는 인간과 사건이 우리의 분리된 마음이나 혼자만의 두뇌로 짜인 계획이 아니라는 것이 명백해져야 한다. 그런 믿음은 오만의 형태다.

우리의 마음은 신의 것이고, 그것은 우리의 진정한 마음이 신의 한 부분이라는 뜻이다. 그러나 만일 우리가 마음

과 육신의 두뇌를 동일시하면 우리는 육체를 위해서 '마음'을 획득하거나 조종하려는 유혹에 빠진다.

  예수님은 육신을 위해 이익을 도모하지 않았다. 그리고 그분의 기적의 영광은 신에게 이르는 길을 택했던 이들에게 베풀어졌지, 이익과 특혜를 향한 길에 있던 사람들이 아니었다.

조각 맞추기

현실은 단순히 환영에 불과하다. 다만 꾸준히 계속되는 환영.
—아인슈타인

내 인생은 내가 부분적으로만 속한 논리적인 조각 맞추기인 듯하다. 그래서 나는 아직 맞추지 못한 조각을 이리저리 옮기는 데 시간을 허비한다. 만일 모든 조각을 꿰맞춘다면 내 인생은 순탄해질 것이다. 하지만 이제 딱 한두 조각 남았음에도 조각 맞추기 자체가 완전히 바뀌고 나는 처음부터 다시 시작해야 한다.

Carpe Diem 오늘 나에게 쓰는 마음의 편지…

인생의 사다리

언제나 나는 근사한 누군가가 되기를 바랐지만 문제는
그 바람이 좀 더 구체적이었어야 했다는 점이다.
—릴리 톰린

내 인생을 되돌아보면 나는 한 번도 내가 말했던 지점, 즉 '모든 것이 내가 원한 그대로인' 지점에 도달해보지 못했다. 그리고 그랬던 사람도 보지 못했다. 단연코, 우리가 올라가고 있는 사다리는 끝이 없다. 이러한 접근이 가질 수 있는 유일한 결론은 "찾아라, 하지만 절대로 찾지 못하리라"이다.

Carpe Diem 오늘 나에게 쓰는 마음의 편지…

비교가 가져다준 의미

우리를 망치는 것은 다른 사람들의 눈이다. 만약 나를 제외한 다른 사람이 모두
장님이라면 나는 굳이 고래등 같은 번쩍이는 가구도 원할 필요가 없을 것이다.
−벤저민 프랭클린

충족 또는 '종결'이 어떤 비교를 통허 경험될 수 없는 이
유는 비교에는 종결의 단계가 없기 때문이다. 우리가 끝
났다고 느낄 때도 거기에는 여전히 뭔가 미진한 부분이
남아 있다.

키 큰 사람이 득실거리는 방 안에서 우리는 난쟁이가 된
기분을 맛본다. 젊은이들이 웅성거리는 방 안에서 우리는
늙은이의 기분을 맛본다.

우리가 오늘 어떤 상장을 쥐고 있든 간에 비교는 내일
그것을 우리의 손에서 빼앗아간다. 우리는 세상을 차지하
고 완성시키길 원한다. 하지만 그것은 불가능하다. 세상

은 차이와 비교 없이 아무 의미도 없으니까. 차이와 비교 없이 어떤 주말이 '화창한' 날씨일 수 없고, 어떤 사업이 '이윤'이 있을 수 없고, 어떤 육체가 '건강'할 수 없고, 어떤 마음이 '현명'할 수 없고, 한 국가가 '부유'할 수 없다.

만일 모든 것이 등급으로 측정된다면, 그 모든 것 속에 어떻게 완벽이 존재할 수 있을까? 어떻게 미인의 등급은 있지만 추함의 등급이 없을 수 있나? 부유함의 등급은 있으면서 가난의 등급이 없을 수 있나? 사랑의 등급이 있으면서 증오의 등급이 없을 수 있나?

오로지 미래

사람은 미래에 대한 기대가 있어야만 살 수 있다.
—빅터 프랭클

완벽한 변화는 오로지 미래에서만 발견될 수 있다. 그것
은 미래 속에 영원히 남아 있도록 운명지어졌으니까.

Carpe Diem 오늘 나에게 쓰는 마음의 편지…

지금 이 순간

아름다운 여행을 할 때면 시간을 셈하지 않고 순간을 누립니다.
시간을 기억하는 것이 아니라 아름다움을 기억하는 것입니다. 이것이 삶입니다.
—린데 폰 카이저링크

매 순간이 하나로 이어진 선. 한끝은 최근과 흘러간 과거로, 다른 한끝은 잠시 후와 아주 먼 미래로 이어지는 선. 그 위에 선 지금 순간만이 빛난다. 이 순간 영원불멸하다. 빛나는 완벽 속에서 진정 모든 것을 안는다. 신의 이름은 지금의 나다. 예전도, 훗날도 아니다. 하늘의 문은 활짝 열려 있다. 바로 성스러운 이 순간.

Carpe Diem 오늘 나에게 쓰는 마음의 편지…

신의 요청

물욕에 얽매이면 우리의 삶이 애달픔을 깨달을 것이요 천성에 자적하면
우리의 삶이 즐거운 것임을 느낄 것이니, 그 애달픔을 알면 세속에 묻은 정념이
사라질 것이고 그 즐거움을 알면 성인의 경계가 절로 나타날 것이다.
- 《채근담》 중에서

신은 당신에게 숱 많고 탐스러운 머리, 날씬하고 탄탄한 육신, 재정적인 지식과 사교적인 노련함을 요청하지 않는다. 신은 당신 배우자가 보기 좋은 트로피이고, 당신 자녀가 명예로운 자랑거리이고, 당신 집에 긴 진입로가 있어야 한다고 요청하지 않는다.

신은 당신에게 신을 기억하라고 요청한다. 신은 조화요, 당신에게 용서를 요청한다. 신은 사랑이요, 당신에게 친절을 요청한다. 신은 평화요, 당신에게 무해한 존재가 되라고 요청한다. 신은 기쁨이요, 당신에게 행복해지라고 요청한다.

신은 당신이 지금까지 저지른 실수의 목록에 관심이 없
다. 신은 당신이 이 순간 당신의 완벽함을 기억하기를 원
한다.

신의 마음

내게 능력주시는 자 안에서 내가 모든 것을 할 수 있느니라.
—빌립보서 4장 13절

신은 당신의 이메일 주소를 잘못 알지 않는다. 그러니 신에게 당신을 기억해달라는 요청을 그만둬라. 신은 당신을 알고 있고 당신을 영원히, 끝없이, 무한하게 사랑한다. 당신은 신의 목적이요, 보물이고, 신의 하나밖에 없는 사랑이다. 당신을 빼면 신의 마음에 아무것도 없다. 하지만 당신은 오늘 신을 기억하고 있는가?

Carpe Diem 오늘 나에게 쓰는 마음의 편지…

순간을 살아가기

시간이란 없다. 있는 것은 일순간뿐이다. 그리고 그곳, 즉 일순간에 우리의 전 생활이 있다.
그러므로 이 순간에 있어서 우리는 모든 힘을 발휘해야 한다.
—톨스토이

육체가 현재 있기에 지금 자신이 살아 있는지 의심하는 사람은 아무도 없다. 그럼에도 불구하고 성인으로서 우리는 지금 하고 있는 일에서 정신적으로 너무 멀리 서 있어 마치 그림자 영상이 사건을 만들고 있는 꼴이다.

우리의 관심은 오로지 이런 종류의 행동을 하겠다고 내린 우리의 결정이나 그 밖에 할 수 있는 듯한 일에 대한 우리의 판단에 집중되어 있다. 심지어 뭔가를 좋아할 때 그것이 너무 빨리 끝나지 않을까 염려한다. 대부분 접시에 놓인 음식을 골고루 충분히 혹은 너무 많이 먹지 않았나 하는 걱정에 사로잡혀 제대로 식사를 하지 못한다.

그와 대조적으로 아주 어린아이들은 전적으로 행위에 전념한다. 심지어 그들이 지금 하고 있는 일을 싫어할 때도. 그들은 사람을 분류하는 나름대로의 미숙한 생각으로 타인과 친구, 혹은 예전의 '적'과 상호작용한다. 그들은 끊임없이 지금 하고 있는 일과 이와 유사한 과거의 행동을 비교하지 않고, 그래서 이 일이 언제 끝날지 걱정하지 않는다. 심지어 아이들은 그만 가자고 부모의 팔을 잡아당길 때조차 전적으로 잡아당기는 행위에 전념한다.

Carpe Diem 오늘 나에게 쓰는 마음의 편지…

현재라는 행복

나는 행복할 수 있는 진정한 비결을 발견했습니다. 그것은 현재에 사는 것입니다.
언제나 과거를 후회할 게 아니라, 또 장래를 걱정할 게 아니라,
현재 이 순간에서 얻어낼 수 있을 만큼 얻어내는 것입니다.
−진 웹스터, 《키다리 아저씨》 중에서

미래와 과거에 대한 환상으로부터 해방되어라. 그리고 당신의 마음을 현재로 되돌려라. 하지만 그 일을 부드럽게 하라. 부드러움이 현재다. 지금 당신이 하는 일에 전념하고 이 순간에 머물러라. 하지만 행복하게 머물러라. 현재가 잠정적인 행복인 이유는 이 순간이 이미 신으로 채워졌기 때문이다.

Carpe Diem 오늘 나에게 쓰는 마음의 편지…

지금에 반응하기

그날그날이 일생을 통해서 가장 좋은 날이라는 것을 마음속 깊이 새겨두어라.
—에머슨

바로 이 순간이 지금이다. 내일 자정에 그때가 지금이다. 그리고 수천 년이 흐른 뒤의 정오가 여전히 지금일 것이다. 지금에 반응하는 것을 배우는 것, 그것이 배워야 할 전부다.

Carpe Diem 오늘 나에게 쓰는 마음의 편지…

즐거움에 향하기

더는 희망 속에서 혹은 두려움 속에서 앞을 내다보지도 뒤를 돌아보지도 말아야지.
하지만 고맙게 좋은 일도 있으니, 더없이 행복한 지금 여기를 발견한 것이다.
−휘티어

옹졸한 마음은 나름대로 현재에 대한 견해를 지니고 '현재 상황'에서 탈출하기 위해 또 다른 시간과 장소에 대한 환상을 이용한다. 심지어 단단히 고정된 상황에서도 옹졸한 마음은 미래에 의무를 부여할 계획을 세운다.

만일 다음 날 모든 사람이 평소와 똑같이 산다면 명예를 얻는 것에 어떤 중요함이 있을까? 그것이 도래할지도 모른다는 생각은 심지어 우리 최고의 순간에조차 그 의미를 준다. 그래서 옹졸한 마음, 모든 것을 그전에 일어났던 것과 그 후에 일어날 것을 연결시켜야 하는 옹졸한 마음은 결코 완전하게 채워지지 않는다. 그럼에도 불구하고 우리 안에는 그 마음이 항상 영원히 존재한다.

　우리의 관심을 현재로 되돌리고 지금의 임무에 전력을 쏟는 것이 유익할 수 있지만, 우리 자신을 현재에 열중시키려면 평화와 즐거움을 향해 눈을 떠야 한다. 그럼으로써 우리는 사랑스런 현재의 다정한 전망으로부터 보기 시작한다.

내적인 함성

내일에 대해서는 아무것도 모른다. 우리가 할 일은
오늘이 좋은 날이며 오늘이 행복한 날이 되게 하는 것이다.
—시드니 스미스

꿈의 일부분을 골라내서 우리가 이미 잠에서 깼음을 증명할 수 없다. 꿈은 아무것도 증명하지 못한다. 오줌싸개 아이들이 제 버릇을 고치려 할 때 재빨리 발견하듯 우리는 자면서도 깨어 있는 듯한 꿈을 꿀 수 있다.

신의 빛이 세상의 어둠을 가르고 빛난다. 이 빛의 증거가 우리의 보물이 되어야 한다. 우리 주변을 둘러싼 모든 것인 분리와 공격의 흔적은 감상하고 저장할 가치가 전혀 없다. 심지어 우리와 다른 이의 삶을 비교하는 가장 선호되는 방법이 신의 조화를 반영하지 않는다. 영적인 진보와 행운을 착각하지 마라.

대신 용서와 웃음과 사려 깊음과 행복과 사랑과 관용을 발견할 때마다 마음껏 즐겨라. 그것들을 당신의 내적인 함성으로 당신이 명예롭게 여기고 목숨을 건 생각으로 만들어라.

Carpe Diem 오늘 나에게 쓰는 마음의 편지…

지금이 유일한 때

그들의 눈에서 모든 눈물을 닦아주실 것이다. 그리고 더 이상 죽음이 없고
애통과 부르짖음과 고통도 없을 것이다. 이전 것들이 사라져버린 것이다.
―요한계시록 21장 4절

우리는 죽어가면서도 각성할 수 있지만 또한 세차하면서도 각성할 수 있다. 우리가 신에게 완전히 위탁하기를 지연하려고 찰싹 매달린 변명은, 죽음이 어떤 식으로든 변형적이거나 그 시점에서 신의 법이 우리의 노력을 보상해주리라는 믿음이다. 그래서 우리는 말한다.

"아무리 내가 지금은 각성하지 못했다 해도 내가 매일 행하는 작은 것이 훗날 나를 각성으로 이끌 거야."

하지만 사랑에게 당신의 기관이 멈출 때까지 기다렸다가 당신을 축복해달라는 게 말이 되는가? '죽음에 근접했던 경험'에 대한 보도를 당신이 과학적으로나 신비학적으

로 어떻게 보든 간에 지금이 계속해서 당신이 신을 알 수 있는 유일한 때다. 그리고 신에 대한 각성이 영원한 보답이다.

자아가 사라지지 않기 때문에 육신이 죽고, 영원불멸이 죽음 후에 더욱더 현실이 되지는 못한다. 왜 그렇게 되겠는가?

천국을 거절하지 마라.

지금 이 순간 천국이 당신 곁에 있다.

바로 이 순간이 지금이다. 내일 자정에 그때가 지금이다…

지금에 반응하는 법을 배우는 것, 그것이 배워야 할 전부다…

뒤를 보고 묻지 마라

매일을 그대를 위한 최후의 날이라고 생각하라. 이렇게 하면
생각지도 않았던 오늘을 얻어 기쁨을 맛볼 것이다.
-호라티우스

죽음은 영적이거나 세속적인 모습이 아니다. 어떻게 죽느냐는 어떻게 살아왔는가의 지표가 아니다. 또한 죽기 전에 겪을지 모르는 수많은 질병과 사고는 무의미하다. 뒤를 보고 묻지 마라. "왜 내가 아파야 할까?" 그 이유를 묻는 것은 신 외에 의미가 있음을 믿는 것이다. 오로지 신이 의미를 지닌 전부다. 그리고 신은 지금이다.

Carpe Diem 오늘 나에게 쓰는 마음의 편지…

현실성 없는 현실

얼마나 따분한가. 멈춰 서는 것, 끝내는 것,
닳지 않고 녹스는 것, 사용하지 않아 빛을 내지 못하는 것.
—테니슨

우리가 끊임없이 재검토하는 이 분리된 영상 뒤에는 지배적인 철학이 없다. 만일 현실이 일체성을 지니지 못하면 현실성 없는 현실이다.

Carpe Diem 오늘 나에게 쓰는 마음의 편지…

마음의 눈뜨기

믿어라. 그러면 당신의 믿음이 적절한 시기에
당신이 믿는 바를 객관적인 현실로 창조해낼 것이다.
−윌리엄 제임스

언제든 신에게 향할 것을 결정할 수 있다. 우선 '삶은 꿈'이라는 증거는 필요 없다. 우리는 이미 비현실적인 증거를 수없이 가졌음에도 불구하고 신이 우리에게 이 순간 외에 제의할 것이 없음을 굳게 확신한다.

오로지 신에 대한 경험이 설득력을 지니고 그것은 증거 없이 찾아질 수 있다. 그저 우리가 여전히 이 비현실이 우리에게 뭔가 줄 것을 지녔다고 생각함을 인식하면 된다.

예를 들어, 밤에 꾸는 꿈은 반박의 여지없이 현실이 아님에도 불구하고 우리는 아침에 잠어서 깨기 시작하면서 종종 꿈을 통제하려고 노력한다. 사실상 우리는 꿈이 우리가 원하는 뭔가를 갖고 있다고 여긴다! 그리고 낮에 꾸는 백일몽도 현실이 아니지만 우리는 항상 각성보다 환상을 추구하는 데 마음을 사용하고 있다.

생각과 마음속에서 나른한 환상이나 수면 중의 꿈을 제거하려고 들지 마라. 그저 신의 성스러운 평화를 향해 마음의 눈을 뜨고 그것이 당신의 모든 생각 속에 자리 잡도록 해라.

보라, 그 자리에 서서

눈물로 씨를 뿌리는 자는 기쁨으로 거두리라.
울면서 씨를 가지고 나가 뿌리는 자는 단을 가지고 기쁨으로 돌아오리라.
−시편 126장 5∼6절

보라, 당신이 얼마나 많이 왔는지를, 이제 앞으로 얼마나 더 가야 하는지가 아니라.

지금까지 얼마나 많이 신에게 향하지 못했는가에 대한 심판은 동기를 부여하지 않는다.

Carpe Diem 오늘 나에게 쓰는 마음의 편지…

이미 깨어 있다

우리 역시 스스로가 생각해낸 것이다.
우리의 생각으로 인해 우리의 모습이 생겨난다.
결국 이 세계도 우리가 스스로의 생각으로 만들어낸 것이다.
—석가모니

주문을 외고 명상 자세를 취하거나 눈을 감고 마음을 미리 정해진 양식으로 만들려는 시도는 각성하기 위한 효과적이거나 강력한 방법이 아니다. 심지어 당신이 평화와 다정함 속에서 가장 세속적인 허드렛일을 할 때조차 당신은 이미 깨어 있다.

Carpe Diem 오늘 나에게 쓰는 마음의 편지…

사랑 밖 사람들

세상에는 빵 한 조각 때문에 죽어가는 사람도 많지만
작은 사랑도 받지 못해 죽어가는 사람은 더 많다.
—테레사

사랑을 알려면 사랑으로 생각하고 행동해야 한다. 세상은 잔인하게 반응하고 거의 모든 데 광기를 보인다. 아이, 희생자, 힘없는 이들의 욕구에 대한 우려를 찾아보기 어렵다. 그들을 사랑 밖에 남겨둔다면 우리는 신을 경험하지 못할 것이다. 봉사든 기도든 기부든 상관없이 우리는 모든 이를 친형제자매처럼 대해야 한다.

Carpe Diem 오늘 나에게 쓰는 마음의 편지…

아주 짧은 순간에

삶의 모든 순간에 있어서 우리는 자신을 남들과 구별하는 것이 아니라
모든 사람과 공통되는 것을 찾으려고 힘써야 한다.
—존 러스킨

각성이 하나의 극적인 사건으로 여겨지는 경향과 달리 그것은 우리가 현재를 명심하고, 우리의 친절과 기쁨의 실천적인 본성으로 되돌아가는 아주 짧은 순간에 가장 많이 경험된다. 그 순간의 횟수가 늘고 모두 합해질 때 우리는 우리의 신성한 본성이 사랑이고, 이해이고, 행복이고, 우리를 모든 것과 연결시킨다는 것을 배운다.

Carpe Diem 오늘 나에게 쓰는 마음의 편지…

마음의 자리

미래의 행복을 보장하는 가장 좋은 방법은 오늘 가능한 최대의 행복을 누리는 것이다.
─찰스 엘리엇

각성하고 각성한 채 있으려면 당신의 마음을 지금 뜨이고 있는 눈에 집중하라. 거듭해서 당신의 마음을 당신이 현재 있는 곳과 현재의 모습 그리고 지금 당신과 함께 하는 사람에게 돌려라.

Carpe Diem 오늘 나에게 쓰는 마음의 편지…

성스러운 빛 안에서

나의 가는 길을 오직 그가 아시나니 그가 나를 단련하신 후에는 내가 정금같이 나오리라.
—욥기 23장 10절

우리는 태어나자마자 우리의 무덤을 파기 시작한다. 이것이 지금부터 우리가 살아가게 될 길이고 종국에는 무덤으로 끝날 것이다.

부모는 우리의 육신을 만들고 자아의 형식과 역동성을 주었다. 그래서 부모와의 대화는 종종 우리를 무겁게 짓누르고 세상을 극히 현실적으로 만든다. 부모는 우리의 세속적인 정체성을 제자리에 뿌리내리게 하지만, 우리는 자유를 억압당하기 전까지 부모를 전적으로 순수하게 대하고 모든 마음을 다해 사랑한다.

우리의 세속적인 정체성이 용해되기 전에 영적인 정체성

의 여명이 점점 밝아온다. 용서가 그 빛이 반짝이는 창문이다. 신은 우리의 부모인 동시에 우리의 세속적인 부모의 부모이다. 그리고 그들의 영적인 정체성은 우리의 것만큼 환하게 빛난다. 용서는 오로지 신으 성스런 빛 속에서 한 순간만 자리한다. 신의 성스런 빛이 곧 우리의 자아요, 모든 살아 있는 것의 자아가 속한 곳이다.

무엇에 대한 책임

우리는 뭔가 한 일에 대해서만 책임을 지고 있는 것이 아니라
뭔가 하지 않은 일에 대해서도 역시 책임을 지고 있다.
—몰리에르

우리는 우리의 신장이나 발 크기를 결정하지 않는다. 그리고 우리의 자아를 만들지 않는다. 오로지 그것을 받아들일 뿐이다. 우리는 우리의 개성과 그 원형이 이제 우리가 다뤄야 할 우리의 것이라는 면에서 그것에 대한 책임이 있다. 하지만 우리는 우리가 그것을 만들었으니 욕을 먹어야 한다는 면에선 그 책임이 없다.

Carpe Diem **오늘 나에게 쓰는 마음의 편지…**

사랑의 품속

모든 것은 제자리가 있다. 새는 하늘에, 돌은 땅 위에 있다.
물속에는 물고기가 살고 있고, 내 영혼은 신의 손안에 있다.
−요한 쉐풀러

우리의 자아는 기본적으로 완고하다. 영적으로 얼마나 향상했는지와 상관없이 자아 속으로 돌아갈 때마다 그것은 여전히 그곳에 있다. 우리는 결코 그것을 절대 완성하지 못할 것이다. 그저 신의 손을 잡고 과거의 옹졸함 위로 비상하라. 당신은 사랑의 품속에서 '형성기'보다 완벽하다. 사랑 그 자체처럼 완벽하게 남아 있다.

Carpe Diem 오늘 나에게 쓰는 마음의 편지…

진정한 나

과거를 후회하지 마라. 후회한다고 해서 무슨 소용이 있겠는가?
거짓은 후회하라고 말하는 반면 진실은 사랑으로 가득 찬 생활을 하라고 말한다.
슬프고 좋지 않은 기억은 모두 잊어버려라. 과거를 더 이상 담지 마라.
사랑의 빛과 우리들에게 주어진 모든 것들의 빛 안에서 살아가라.
-페르시아 격언

나는 말한다. 과거에서 벗어나고 싶다고, 부모님을 용서하고 싶다고, 내 어린 시절을 떨쳐버리고 싶다고. 하지만 내 세속적인 정체성은 내 과거에서 왔다. 나는 진정으로 과거의 경험 속에서 지금의 나를 간추리고 선택하고 싶다. 거기에는 내가 자유로워지고 싶은 동시에 간직하고 싶은 자아의 일부분이 있으니까.

하지만 나는 내 과거를 모두 해방하기 전까지 그것에서 벗어나지 못할 것이다. 만일 내가 진정한 나를 알고 싶다면 나는 반드시 세속적인 정체성을 포기해야 한다.

모든 생각이 제 안에 자리 잡게 하십시오.

자아가 제 마음속에서 서서히 용해되게 하십시오.

그리고 저를 영원하게 하십시오.

당신이 저를 만드셨던 그대로.

현실이 되는 이야기

붙잡혀 노예가 되었을 때 나는 아무도 탐험하지 않은 세상의 여러 곳을 방황했다.
그러다가 나는 해방이 되어 평범한 시민으로서, 차례로 상인과, 학자와, 성직자와, 왕과
폭군 노릇을 했다. 왕위에서 쫓겨난 다음에 나는 폭동 선동가와, 불량배와, 사기꾼과,
무전취식자 과정을 거쳤고, 그리고는 아무도 탐험하지 않은 내 영혼이라는 영토에서
길을 잃은 노예가 되었다.
—칼릴 지브란

우리의 문화는 우리 모두가 거치는 짧은 청춘기에 바짝 집중되어, 처음 지구에 온 외계인은 아마 광고와 영화와 잡지와 드라마와 광고 게시판을 보고 인간은 인생의 대부분을 그 짧은 절정기 동안 소모한다고 생각할 것이다.

하지만 우리는 삶의 대부분을 그 시기에 도달하기 위해서, 아니면 그 시기에서 내려가기 위해 소모한다. 그 시기는 전성기, 청춘기, 화려한 세월, 더할 나위 없는 황금기로 명명된다. 게다가 소위 그 전성기가 우리 사회의 가치뿐 아니라 우리의 마음까지 지배할 수 있다.

만일 당신이 젊고 그 시기를 향해 돌진하는 중이라면 그런 태도를 너그럽게 참으리라. 또는 그 시기에 속했다면 그것을 마땅하게 받아들인다. 하지만 일단 당신이 무궁무진한 잠재력을 지닌 절정기, 로맨스 시장에서 당신의 가치가 최고에 이른 시기, 경력의 절정기, 육체적 활력의 최상기 즉 놀랄 만큼 빠르게 뭐든 해치웠던 시기를 넘겼다면 당신은 한물갔다고 생각할 것이다.

이제, 유혹에 따라 당신의 모든 에너지를 다시 절정기로 돌리는 절대 불가능한 시도에 투여하거나 그렇지 않으면 인생의 방식에 씁쓸해하고 기가 죽는다.

당신은 당신 육신의 이야기를 원하는가, 아니면 영원의 길이 속삭이는 이야기를 원하는가? 그중 한 가지만 당신에게 현실이 될 것이다.

Carpe Diem **오늘 나에게 쓰는 마음의 편지…**

돌출, 늘어짐, 낙하

나이는 시간과 함께 달려가고, 뜻은 세월과 더불어 사라져간다.
드디어 말라 떨어진 뒤에 궁한 집 속에서 슬피 탄식한들 어찌 되돌릴 수 있으랴.
– 《소학》 중에서

육체상에서는 모든 부분이 돌출하거나, 늘어진다. 성장할수록 더 많이 돌출한다. 나이를 먹을수록 더 많이 늘어진다. 그다음 단계는 낙하다. 침몰하는 배를 버리는 장면은 꽤 흥미진진하다. 그런 영화에서처럼 당신이라고 다를 성싶지 않다. 당신의 영혼이 그 줄거리에 뭐라 말할 수 있을까? 육신의 긴장을 풀고 비상하라?

Carpe Diem 오늘 나에게 쓰는 마음의 편지…

무의미한 전쟁

마음에 있지 않으면 보아도 보이지 않고, 들어도 들리지 않고 먹어도 그 맛을 모른다.
이리하여 몸을 닦는 것은 마음을 바로잡는 데 있다고 이르는 것이다.
－《대학》 중에서

생명체를 입에 대지 않는 것은 그것을 먹는 것보다 수준 높은 길이다. 하지만 거기에는 당신이 고기 한 점을 놓고 당신의 육체와 치열한 접전을 벌여야 한다는 의무가 뒤따르지 않는다. 나는 최근에 어떤 사람의 경험담을 들었는데, 그는 전날 밤 잠자리에 들기 전에 평소처럼 한두 개의 쿠키 대신에 바나나를 먹었단다. 그는 그것이 놀랄 만큼 힘들었다고 말했다. 하지만 바나나에 당분이 덜 함유되었다는 이유에서 그는 자신의 새로운 접근이 영적인 길에 유용하리라 여겼다.

사실 그건 분명히 그렇지 않다. 그의 경험에서 핵심 어휘는 '놀랄 만큼 어려웠다'이다. 우리는 육체와 이 같은 전쟁을 벌이고 신과 우리 사이에 육신을 개입시킨다. 그것은 가장 영적인 가르침에서 발견되는 오래되고 명예로운 실수로, 불필요한 장해물을 설치하는 짓이다.

당신이 자아의 의지와 무의미한 전쟁을 하지 말아야 할 이유는 결국 자아가 승리할 터이기 때문이다. 그리고 당신은 의기소침해질 것이다. 대체 누가 진정으로 바나나가 쿠키보다 더 영적이라고 믿는다는 말인가? 당신은 10년 동안 매일 밤마다 바나나를 먹고도 신에게 조금도 더 가까워지지 못할지 모른다.

Carpe Diem **오늘 나에게 쓰는 마음의 편지…**

시도할 가치 있는 위험

어떤 사람은 자기는 늘 불행하다고 자탄한다.
그러나 이것은 자신이 행복함을 깨닫지 못하기 때문이다.
행복이란 누가 주는 것이 아니라 스스로 찾는 것이다.
—도스토옙스키

행복해지는 것은 친절과 평화 속에서 모든 일을 행하는 것이다. 하지만 많은 사람들이 그게 아주 어려운 교훈임을 발견한다. 그들은 말한다.

"만일 행복이 목표가 아니라 수단이라면 마약과 정사와 파괴 행위 등은 어떻게 되는 거냐?"

그럼, 당신이 행복하게 마약 중독자를 추구하지 않으면 된다. 당신이 행복하게 배우자나 자식을 패지 않으면 된다. 심지어 그것이 대부분의 사람이 행복해지기를 두려워한다는 공인된 지표가 되어야 한다는 자명한 사실이다.

대부분의 사람은 불행의 친근한 양식을 반복함으로써

파생되고 있는 편안함을 거는 도박을 원치 않는다. 무엇보다 다른 사람을 배신하는 짓은 절대적인 위력을 느낄 수 있고 복수하는 짓은 충족감을 느낄 수 있으니까.

성인이 되기를 실천하는 일에는 용기가 필요하다. 그럼에도 불구하고 그것은 시도할 가치가 있는 위험이다. 그러나 명심하라. 당신은 성인이 되어야 한다. 그저 성인다움의 그림을 보여주는 게 아니라.

행복의 근원

많은 사람들이 행복을 잘못 알고 있다. 행복은 자기만족에서 얻어지는 것이 아니라
가치 있는 일에 충실할 때 얻어지는 것이다.
—헬렌 켈러

세상에는 일반인이 할 수 있는 일을 하나도 할 수 없는 불구 아이들이 있고 이들과 사랑을 공유하는 사람들이 있다. 그 아이들에 대한 사랑이 그들을 행복하게 만든다. 욕구는 행복의 근원이 아니다. 홀로 자신을 즐길 장소와 방법에 제한을 두지 마라. 자아를 텅 비우도록 노력하라. 자유로워질 것이다.

Carpe Diem 오늘 나에게 쓰는 마음의 편지…

하지 말아야 하는 것

처음부터 자기 마음속에 의심을 품고 다른 의심스러운 것을 풀려고 하면
그 결정은 타당한 것이 될 수 없다. 대상에 대해 자기 마음이 이미 편견으로
정해져 있기 때문이다. 사물을 판단하는 데는 먼저 자기 자신의 마음을 조용하게
가라앉힌 후에야 비로소 바르게 판단할 수 있는 것이다.
—순자

내가 실수했던 과거 속에서 취한 저 많은 경직된 입장을 보라. 그건 다른 새로운 입장과 어떻게 다른가? 나는 신의 또 다른 자녀에게 어떤 입장을 취할 때 마음을 분열시킨다. 그렇다고 신문에 투고해선 안 된다거나, 자동차를 무용지물로 만들라는 건 아니다. 내 마음에 자동차에 반대하는 입장을 취하지 말아야 한다는 뜻이다.

Carpe Diem 오늘 나에게 쓰는 마음의 편지…

거기에 있다

내가 인생을 다시 시작한다면 초봄부터 신발을 벗어던지고 늦가을까지 맨발로 지내리라.
춤추는 장소에도 자주 나가리라. 회전목마도 자주 타리라. 데이지 꽃도 많이 꺾으리라.
―나딘 스테어, 〈인생을 다시 산다면〉 중에서

육신이 덜 유연해질수록 당신의 마음을 더 유연하게 하라. 당신의 태도를 느슨하게 하라. 옳고 그름과 강직성의 무거운 외투를 벗어라. 당신의 운명을 가볍게 보아라. 세상을 가볍게 보아라. 거기에는 견해보다 더 많은 볼거리가, 육신보다 더 많은 삶이 있다.

Carpe Diem 오늘 나에게 쓰는 마음의 편지…

내가 의견인가?

누구도 자기가 하는 말이 다 뜻이 있어서 하는 것이 아니다.
그럼에도 자기가 뜻하는 바를 모두 말하는 사람은 거의 없다.
―H. 애덤즈

왜 나는 내 의견을 방어하는가?

내가 의견인가?

이전의 내 의견은 결코

아무도 행복하게 하지 못했다.

Carpe Diem 오늘 나에게 쓰는 마음의 편지…

하라, 지금

생각을 한곳에 모아 욕심이 동하게 하지 말고,
뜨거운 쇳덩이를 입에 머금고 목이 타는 괴로움을 스스로 만들지 마라.
- 《법구경》 중에서

쉽게 잊히는 말을 하라.

쉽게 간과되는 행동을 하라.

영원히 지속되는 생각을 하라.

Carpe Diem 오늘 나에게 쓰는 마음의 편지…

각성은 그저 각성

인생은 짧고 권태로운 것이다. 우리는 이러한 인생을 끊임없는 바람 속에서 흘러보낸다. 그래서 늘 평온하고 행복한 생활을 꿈꾸며 건강하고 혈기 왕성한 가장 좋은 시기를 보내버리는 경우가 많다. 행복은 우리의 이러한 바람 속에서 뜻하지 않게 찾아오는 것이다. 우리가 우리의 열정을 불태우고 삭이고 있는 현재, 우리는 이미 행복한 상태에 놓여 있는지도 모른다. 우리가 이를 깨달을 수만 있다면 더는 바라기만 하는 삶은 살지 않아도 될 것이다.

-라 브뤼에르, 《인물론》

각성은 각성하는 과정을 분석하지 않는다. 또는 눈을 뜨고 있는 단계가 무엇인지를, 우리의 각성을 가로막는 실수의 유형을 분석하지 않는다. 각성은 그저 각성이다. 가장 최근에 꿨던 꿈을 잊어버리고 어서 신에게 향하라.

Carpe Diem 오늘 나에게 쓰는 마음의 편지…

보라, 당신이 얼마나 많이 왔는지를,

얼마나 더 가야 하는지가 아니라…

그때 우리는

그대가 얻고자 하는 것은 이미 얻어졌다는 진리를 깨달으라. 그것은 바로 여기에 있어서 얻어
지는 것이다. 그렇지 않으면 어디 가서도 얻을 수 없으리라.
—칼라일

진실을 그만 찾고 우리의 마음이 영원히 변하는 때가 있다. 현명한 냉소를 포기할 때가 있다. 우리가 믿어야 할 것을 선택할 때가 있다. 인생 속에서 당신은 많은 것을 믿어왔고, 그 대부분은 잘못으로 판명되었다. 아마 당신은 새로운 동향, 오래된 종교, 이국적 사상 또는 단체 치료나 최첨단 심리학을 의지해왔을 것이다.

하지만 필연적으로 당신은 실망을 맛봤다. 명상하고 신에게 향하고자 했지만 아무런 효과를 보지 못했거나 아니면 너무 미약하고 일시적이라 무의미하게 보였을 것이다.

이제, 여기에서 나는 당신에게 각성하라고 말하고 있다.

하지만 여기에서 당신은 너무 현실적인 듯한 세상과 너무 먼 듯한 신을 처리해야 한다.

내가 당신에게 할 수 있는 말은 당신이 믿음의 도약을 해야 할 시점에 그때가 올 것이다. 당신은 한 걸음씩 조금씩 안전하고 이성적으로 발을 떼서 그곳에 도달하지 못할 것이다. 그렇게 당신은 여기까지 왔지만, 이제 결단을 내리고 이번에는 그 결정이 영구적이어야 한다.

당신은 신의 품속에 있다고 믿을 것인가, 아니면 신이 좋아하지 않는 곳에 있다고 믿을 것인가? 사랑 속인가, 아니면 모든 살아 있는 것이 홀로 죽어가는 곳인가? 영원 속인가, 아니면 변호가 모든 걸 파괴하는 곳인가?

당신은 믿음을 선택할 수 있다. 그 믿음은 진실을 바꿀 수 없지만, 만일 이번에 각성한다면 믿음이 결정된다.

비극의 종말

속세를 벗어나는 길은 곧 세상을 건너는 가운데 있나니, 반드시 사람을 끊고 세상에서
도망쳐야 하는 것은 아니다. 마음을 깨닫는 공부는 곧 마음을 다하는 속에 있나니
반드시 욕심을 끊어 마음을 식은 재처럼 해야 하는 것은 아니다.
– 《채근담》 중에서

당신의 영적인 노력은 이 세상에서 당신에게 아무 특혜를
주지 않고 그럼에도 불구하고 당신은 이 세상에 갇힌 듯
하다. 즉 당신의 모든 즐거움과 고통, 그리고 당신에게
중요한 모든 경험이 세상 안에 있다.

만일 또 다른 세상과 또 다른 현실이 있다면 어떤 차이
가 생길까? 진짜처럼 보이는 걸 다루고 자각을 잊어버릴
수 없을까?

왜냐하면 그게 당신이 항상 이 질문을 해왔던 방법이니
까. 당신은 전에도 이 비극을 수천 번 반복해 왔다. 그래
도 신은 당신을 위해 기다리고 있다. 그리고 이미 각성한

이들도 당신의 즐거운 귀향을 기다리고 있다.

죽음은 이러한 축하연으로 향하는 문이 아니다. 당신이 현세에서 행하는 노력이 당신을 그 문 안으로 인도한다. 당신이 조금만 더 시도하면 당신은 세상에 종속된 모든 부속물을 발견하고 기꺼이 그것을 하방시킬 것이다.

일단 당신이 더 이상 분열되지 않을 때 사랑의 든든한 팔이 당신을 빛과 기쁨 속으로 끌어올린다. 그리고 재난의 이 작은 꿈이 당신의 마음속에서 옅어지고 그곳에 있는 모든 이들이 이제 당신과 함께 할 것이다.

과거가 이야기하는 것

'살아 있다' 라는 것이 중요하지 '살아왔다' 라는 것은 중요하지 않다.
—에머슨

우리는 지나간 과거를 통해 삶을 이해한다고 생각한다. 하지만 우리의 기능은 삶을 이해하지 못한다.

아주 작은 결단을 놓고 매번 고민하지 마라. 과거는 당신에게 지금 해야 할 일에 대해 아무 말도 할 수 없다. 과거에 대한 후회에서 벗어나겠다고 절대 결심하지 마라. 그저 신의 손을 잡고 결심하라.

우리는 자긍심이 업적 가운데 있고, 업적이 과거 가운데 안전하게 있다고 생각한다. 우리는 과거를 천성의 창고로 격상시킨다. 하지만 과거는 그저 우리 영혼의 감옥일 뿐이다.

과거는 우리에게 우리가 어떤 존재인지 말할 수 없다.
과거가 할 수 있는 말은 단지 우리가 지금 이 순간에 있
지 않다는 것이다.

쓸모없는 말

어제 한 일이 대단한 것처럼 보이면, 오늘 당신은 아무것도 못한 것이다.
-루 홀츠

우리는 거울을 보며 생각한다. '저 모습은 진짜 내 얼굴이 아니야. 진짜는 10년 전의 그 얼굴이야.'

우리는 사춘기 자녀를 보며 말한다. "너는 진짜 내 자식이 아니야. 넌 아홉 살이었을 때의 그 아이여야 해."

우리는 성적인 삶과 은행 통장, 명상과 체중과 경력에 대해서도 같은 소리를 한다.

Carpe Diem 오늘 나에게 쓰는 마음의 편지…

영혼을 묶는 힘

물질적이고 동물적인 것만 추구하는 삶처럼 나쁜 것은 없으며
영혼을 살찌우려는 행위보다 본인 자신과 타인에게 유익한 일은 없습니다.
—톨스토이

우리의 문화는 사람들의 삶에 대해 "그들이 중요한 존재가 될까?"라는 질문을 던진다. 우리의 문화는 그들이 얼마나 자주 고적함 속에서 신에게 향했는지 묻지 않는다. 고적함은 세상에 흔적을 남기지 않는다. 하지만 그것은 평화의 키스 속에 잠긴 모든 영혼을 하나로 묶는다.

Carpe Diem 오늘 나에게 쓰는 마음의 편지…

우리가 놓친 것

용기를 내어 그대가 생각하는 대로 살지 않으면, 머지않아 사는 대로 생각하게 된다.
—폴 발레리

그렇다, 죽음은 불편하다. 하지만 나는 이미, 하루를 더 살려고 침대에서 일어나 세상을 활보하는 기회보다 더 큰 기회들을 놓쳐 왔다. 내가 오늘 하루를 초월하고 더 이상 아무것도 잃지 않게 하라.

Carpe Diem 오늘 나에게 쓰는 마음의 편지…

진정한 질문

마치 밤낮으로 삶의 바다로부터 바닷가로 올라오는 것이라고는 그것들이 전부인 것처럼
우리들은 아직도 여전히 바다의 조가비들을 살펴보느라고 바쁘다.
−칼릴 지브란

우리는 인생이 대단원의 막을 내릴 거라 생각한다. 그 누구도 그 외의 것을 가지지 못하지만, 이제 우리는 의지에 대해 생각한다.

우리는 일상적인 노력과 분투가 뭔가를 이끈다고 여긴다. 그것들은 우리가 화려하고 중요한 연단으로 올라가는 밧줄의 형태로 언젠가 꼬일 한 오라기의 실이다.

"내가 오늘 무엇을 성취했지?"

우리는 자문한다.

"내가 내 목표를 향해 어떤 단계를 밟았지?"

하지만 진정한 질문은 다음과 같다.

"내가 점진적으로 행하고 있는 게 무엇인가?"

"내가 심판을 유보했는가?"

"내가 공격을 사절했는가?"

평화에 깃들다

모든 순간순간이 소중한 순간이 되어야 한다. 만약 내가 자신이 먹은 접시를 즐겁게
씻을 수 없고, 디저트를 먹을 생각에 설거지를 빨리 해치우려는 사람이라면
나는 디저트를 기쁜 마음으로 즐길 수도 없는 사람이다.
―틱낫한

내가 비참한 미래를 두려워하거나 더 나은 미래를 열렬히
희망할 때 내 마음은 신의 평화 속에 깃들지 못한다.

Carpe Diem 오늘 나에게 쓰는 마음의 편지…

무시할 의무?

삶을 속여 넘기기 위해 그늘에서 살아보려고 요령을 피우는 나무는
그것을 옮겨 양지에다 다시 심으면 시들어버린다.
—칼릴 지브란

나는 밤에 꿈을 꾸면서 뭔가 작은 것을 성취하려고 애쓴다. 하지만 아침에 눈뜨고 그 시도가 무의미함을 본다. 내게 사람과 문제를 무시해야 할 의무가 있을까? 꿈속에서 내가 사람과 문제를 무시한다면 나는 여전히 꿈에 반응하는 것이다.

Carpe Diem 오늘 나에게 쓰는 마음의 편지…

부주의한 접근

행복한 사람은 어떤 환경 속에 있는 사람이 아니다.
오히려 어떤 특정한 마음 자세를 갖고 살아가는 사람이다.
-휴 다운스

비록 우리 앞에 있는 분리의 증거가 환상이라 해도 우리는 모든 사람을 공경하고, 모든 임무에 성심과 애정을 다해야 한다. 일상에 부주의하게 접근할 때 우리는 신을 버리고 우리 자신을 버린다.

Carpe Diem 오늘 나에게 쓰는 마음의 편지…

어둠 속에 빛을 부르다

사랑을 받는 것으로는 부족하다.
우리는 사랑을 받아들일 줄 알아야 하고, 사랑을 되돌려줄 줄도 알아야 한다.
—조지 베일런트

신은 당신과 모든 살아 있는 것을 귀하게 여긴다. 애정을 가지고 모든 일을 하는 것은 빛과 함께 모든 것을 하는 것이다. 그런 식으로 당신은 빛을 어둠 속으로 부를 수 있다.

Carpe Diem 오늘 나에게 쓰는 마음의 편지…

헛된 일

오늘 하루를 헛되이 보냈다면 그것은 커다란 손실이다.
하루를 유익하게 보낸 사람은 하루의 보물을 파낸 것이다.
하루를 헛되이 보냄으로써 내 몸을 헛되이 소모하고 있음을 기억해야 한다.
—아미엘

계획과 명령은 무관심과 혼란보다 덜 영적이지 않다. 시간을 허비하는 것, 돈과 우정을 낭비하는 것은 신선함의 경험을 가져오지 않는다.

Carpe Diem 오늘 나에게 쓰는 마음의 편지…

중단하지 말아야 할 것

세상에 있으면서 세상을 벗어나라. 욕망을 따르는 것도 괴로움이요,
욕망을 끊는 것도 괴로움이라. 우리는 스스로 닦는 길을 따를 것이니라.
—석가모니

삶을 단순화시키고 가볍게 여행하되 칫솔질을 중단하지 마라. 세상의 문제는 대개 영구적 해결책이 없고, 영적인 길이 무엇인지 증명하지 못한다. 그러므로 당신은 계산서를 지불하고 몸치장을 하라. 마음은 완전하게 할 수 있지만 육체와 세상은 그렇지 못하다.

Carpe Diem 오늘 나에게 쓰는 마음의 편지…

당신의 권리

도둑질로 잘사는 사람도 있으나, 잘사는 사람이라고 모두 도둑질한 것은 아니다.
또한 청렴해서 가난하게 사는 사람도 있으나, 가난한 사람이 다 청렴한 것은 아니다.
- 《회남자》 중에서

구두쇠 노릇을 하고 슬쩍 속이는 짓이 어떻게 규칙적인 일상 업무보다 고적함에 깃드는 걸 유도할까? 명심하라, 영적인 길을 위한 세속적 보수는 없다. 거기에는 돈이 포함된다. 신에게 의지한다며 일을 내동댕이치지 마라. 당신은 마법으로 보호된 삶을 누릴 영적인 권리가 없다. 당신은 영적인 삶을 위한 영적인 권리가 있다.

Carpe Diem 오늘 나에게 쓰는 마음의 편지…

돈에게 부여한 힘

재산이 많은 사람이 그 재산을 자랑하더라도
그 돈을 어떻게 쓰는지 알 수 있을 때까지는 그를 칭찬하지 마라.
−소크라테스

분명히 신은 돈을 만들지 않는다. 그것은 웃긴 얼굴이 찍힌 종잇조각일 뿐이다. 하지만 우리가 하나의 상징으로 돈에게 부여한 힘을 과소평가해선 안 된다. 우리는 그것이 자유, 지위, 지성, 자부심, 업적을 대변한다고 여긴다. 그것은 섹스보다 결혼 생활에 더 지대한 헌신의 상징이다.

매우 돈이 많으면 약간 제정신이 나간 것이 명예스럽다고 여겨진다. 그리고 거대한 부를 축적한 사람은 국가의 문제를 해결할 수 있는 방법을 안다고 생각되어진다.

비록 그것이 공허한 상징이라 해도 우리는 배우자와 자

식과 친구와 더불어 우리가 돈에게 부여한 의미를 인식하
고 그것을 신의 기쁨과 공경 속에서 사랑스럽게, 현명하
게 써라.

충분하다는 것

정당한 소유는 인간을 자유롭게 하지만
지나친 소유는 소유 자체가 주인이 되어 소유자를 노예로 만든다.
―니체

충분히 두둑한 통장도, 다른 사람을 보호할 만큼 충분히
튼튼한 건강도 없다. 세상은 공포와 두려움으로 가득 차
있다. 당신은 안전함을 느낄 수 없지만, 신의 품속에서는
안전하다. 신의 마음에 차지한 우리의 자리가 빛을 드리
울 때 돈을 세상의 재미있는 소일거리로 보고, 우리가 가
진 얼마 되지 않은 돈에 관대해진다.

Carpe Diem 오늘 나에게 쓰는 마음의 편지…

당신의 줄거리

재물은 생활을 위한 방편일 뿐 그 자체가 목적이 될 수는 없다.
-칸트

무한은 유한 속에서 형태를 취하지 않는다. 일시적인 건 영원한 것을 반영할 수 없다. 돈은 영적인 과정 속에서 무의미하다. 돈 없이 사는 이가 성인도, 돈을 가진 것이 사람을 반영하지도 않는다. 부유함, 가난함 또는 그 양쪽을 왕래하는 걸 잊어라. 그건 당신의 줄거리가 아니다. 당신은 영원하고 사랑받는 존재다. 항상 그래 왔다.

Carpe Diem 오늘 나에게 쓰는 마음의 편지…

유일한 목적

당신에게는 당신의 노래가 있다. 그대의 노래를 부를 때 그대는 행복하리라.
자기의 몸과 마음과는 딴판인 다른 사람이 되고자 하지 마라. 그것은 불행의 시초다.
-엔게르 팔트

당신의 마음을 써서 획득하려고 시도할 때 당신이 항상 초조함을 알아차려라. 그럼에도 불구하고 신이 당신 기도의 유일한 목적일 때 당신은 항상 평화를 느낀다.

Carpe Diem 오늘 나에게 쓰는 마음의 편지…

나의 믿음

가장 중요한 것은 당신의 모든 일이 진실이라고 믿는 데 있다. 당신이 그것을 믿는다면
당신도 그렇게 될 것이다. 경험보다는 믿음이 진리를 더 빨리 파악한다.
−칼릴 지브란

나는 진실을 이용할 수 없지만 내가 진실이 될 수 있다.
진실을 이용하려고 들 때 나는 내 자신을 진실로부터 분
리된 객체로 여긴다.

내가 있는 그대로의 나를 믿는 것이 세상에 대한 내 선
물을 제한하거나 해방하지 않을 것이다.

Carpe Diem 오늘 나에게 쓰는 마음의 편지…

당신이 찾는 바로 그것

왜소한 마음에는 믿어야 할 큰 것은 보이지 않고 믿지 못할 것만 눈에 띈다.
–홈스

신에 대한 두려움이 줄어줄수록 우리는 신의 밀접함과 사랑을 경험한다. 심지어 신과 소위 '개인적인 관계'까지 느낄지 모른다. 만일 우리가 이런 경험을 자주 한다면 유혹이 그 생각을 꼬드기는 이유는 신이 우리를 사랑함을 느낄 수 있고, 한 걸음 더 나아가 우리가 속세에서 우정을 이용하는 것처럼 그 관계를 이용해 우리의 성공을 꾀할 수 있다고 생각하기 때문이다.

우리는 행하는 법 이를테면 더 오래 사는 방법, 젊게 보이는 방법, 재정적으로 성공하는 방법, 콜레스테롤을 낮추는 방법, 이상적인 배우자를 발견하는 방법 등을 보여주는 학습 과정이 있다고 생각한다. 우리가 예수님을 기억하는 이유가 바로 그 때문이다. 예수님은 신으로부터 부여받은 힘을 지녔으니까.

어쩌면 예수를 연구하는 것이 그 과정일 수 있다. 하지만 그 과정을 추구하려면 시간과 기회와 지성이 요구된다. 그것은 수많은 사람을 고리에서 제외시킨다. 하지만 예수님은 어떤 사람도 고리 밖에 남겨놓지 않았다. 그리고 그러한 것을 아무것도 찾지 않았다.

예를 들어 예수님은 우리에게 우리가 아닌 존재를 뒤에 남겨놓고, 진정한 우리 자신의 모습을 기억하라고 가르쳤다. 그의 과정은 일체의 모든 과정을 잊어버리고 신에게 향하는 것이다.

Carpe Diem 오늘 나에게 쓰는 마음의 편지…

기도

아무 데도 갈 데가 없어 막연할 때 나는 여러 번 무릎을 꿇게 됩니다.
나의 지혜와 주위 모든 것이 감당하기에 너무 벅찰 때, 나는 기도에 의지합니다.
—링컨

기도할 때, 육체를 갉아먹고 영혼을 따라

잠수하는 일체의 생각을 거둬라.

욕망의 원인이 되는 공포를 거둬라.

미래의 복병이 되는 근심을 거둬라.

과거를 해롭게 하는 실수를 거둬라.

기도할 때, 당신이 어디에 있고

무엇을 하고 있는지 생각을 거둬라.

선택된 길을 걷기 위해 노력하려는 생각을 거둬라.

심지어 모래에 마지막 몇 발자국을

남기고 싶은 희망마저 거둬라.

그다음 당신의 발밑으로부터

당신이 여전히 서 있는 작은 땅을 버려라.

그리고 추락하라.

신의 손안으로 떨어지는 깃털처럼.

그곳에서 아주 가볍게

너무너무 가벼워서

당신이 그것에 대해 생각할 때

당신의 끝이 어디이고 신의 시작이 어디인지

더 이상 느낄 수 없으리라.

사랑과의 접속

내가 삶에서 발견한 최대 모순은 상처입을 각오로 사랑하면
상처는 없고 사랑만 깊어진다는 것이다.
―테레사

우리는 어떻게 사랑과의 접속을 유지할 수 있을까? 그것을 우리의 유일한 목표로 만듦으로써 가능하다.

스미스 부부는 운전면허증을 갱신하려고 운전면허국 앞에 줄을 서 있다가, 앞에 있던 한 어머니가 다섯 살짜리 아들을 언어로 학대하는 모습을 보았다.

스미스 부부는 경험을 통해 다른 부모와 맞서는 행동은 직접적으로 아이의 상황을 악화시킬 뿐임을 알고 있었지만 학대가 너무 거칠어졌기 때문에 결국 그들은 줄을 포기하고 자동차로 가서 20분이나 그 어머니와 아이를 빛으로 에워쌌다.

다른 때, 다시 운전면허국을 찾은 스미스 부부는 이번
에는 생떼를 부리는 어린아이 때문에 쩔쩔매고 있는 한
어머니를 보았다. 스미스 부부는 그 어머니에게로 가서 자
신들을 손주를 둔 할아버지 할머니라고 소개하고, 자원해
서 아이를 달래며 어머니가 볼일을 볼 수 있도록 도왔다.

비록 스미스 부부는 아이를 어머니에게 보내고 다시 줄
을 서기 위해 돌아왔을 때 아무도 그들에게 줄을 양보하
지 않아 다음 날 또다시 운전면허국을 가야 했지만 그건
스미스 부부에게 있어 너무도 미미한 희생에 불과했다.

그들은 사랑과의 접속을 유지할 수 있었기에.

애정을 가지고 일하는 것, 그건 빛과 함께 모든 것을 하는 셈이다.

그렇게 당신은 빛을 어둠 속으로 부를 수 있다…

즉각적 반응

사람이 사람다울 수 있는 힘은 그의 의지에 있는 것이지, 재능이나 이해력에 있는 것이
아니다. 아무리 재능이 많고 이해력이 풍부하더라도 실천력이 없으면 아무 일도 할 수
없기 때문이다. 의지력이 운명을 결정한다.
－에머슨

만일 당신이 평화를 잃는다면 그 상황을 중단해라. 기도
해야 한다면 지금 하라. 절대 볼썽사납거나 어렵지 않다.
간단하다. 만일 당신이 설사를 한다면 즉각 상황을 멈출
것이다. 차를 길가에 대고, 전화를 끊고, 줄에서 빠지고,
저녁상에서 일어날 것이다. 우리가 할 일은 오로지 신의
평화를 설사만큼 중요하게 만드는 것이다.

Carpe Diem 오늘 나에게 쓰는 마음의 편지…

초점 맞추기

진실한 마음으로 무엇을 계획하고 그 일을 실행에 옮기는 것은 가장 즐거운 생활이다.
당신은 오늘의 계획을, 또 내일의 설계를 생각해야 한다. 그리고 성실한 마음으로
그 계획을 실행에 옮겨야 한다.
−스탕달

걷기 위해 발을 뗄 때 어떤 계획이 있다. 말하려고 입을 벌
릴 때 어떤 계획이 있다. 먹으려고 할 때 어떤 계획이 있
다. 현재에 사는 건 신에게 초점이 맞춰져 있지만 미래를
도외시하고 현재를 살 수는 없다. 세상은 과거와 미래를
제하면 뭣도 아니다. 유언장 쓰기, 비타민 먹기, 보험 가입
하기가 초점을 맞추기 쉽다면 그렇게 하라.

Carpe Diem 오늘 나에게 쓰는 마음의 편지…

내 안으로 들어가기

당신이 외부의 어떤 것 때문에 고통을 받고 있다면
그 고통은 그것에서 비롯되는 것이 아니라 그것어 대한 당신의 생각 때문이다.
그러므로 당신은 언제라도 그것을 없앨 수 있다.
—마르쿠스 아우렐리우스

얼마나 하찮든 간에 일상의 문제는 우리에게서 고적함을 훔쳐가기에 충분하다.

기다리지 말고 분주함의 중심 속에서 고적함을 기억하라. 그리고 나서 고적함으로 문제를 헤쳐나가라. 그리고 결과를 위해 오로지 고적함만을 열망하라.

고적함은 내 품에 안긴 갓난아기이다. 세상의 그 무엇도 나에게 그것을 버리라고 유혹할 수 없다.

고적함은 신의 손길이지, 육체적인 흥분의 부재가 아니다. 고적함은 신의 목소리에 담긴 평화지, 정신 사나운 소음의 부재가 아니다.

고적함은 신의 미소의 광채지, 산란한 풍경의 부재가
아니다.

목소리 담기

들어야 한다는 것을 알고, 어떻게 듣는지 아는 것으로는 충분하지 않다.
만일 내가 듣고 싶지 않다면, 듣고 싶은 마음이 없다면
그것은 나의 삶에서 습관이 되지 못할 것이다.
-스티븐 코비

심판을 요청하는 세상의 목소리를 예민하게 알아차려라.

그리고 집으로 돌아오라는 신의 목소리를 더욱 사랑하라.

Carpe Diem 오늘 나에게 쓰는 마음의 편지…

오로지 평화

무의식적인 두려움의 가장 큰 문제는 뇌가 항상 부정적인 일을 기대하게 한다는 것이다. 진화
적으로 이것은 우리를 보호하려는 조치였지만, 무의식적인 두려움이 뇌를 장악하면
과보호가 일어난다……. 두려움을 정당화하는 대신 희망을 이용해 두려움을 없애면 어떨까?
희망이 더 강하면 두려움보다 먼저 뇌를 차지할 테니까.
－스리나바산 S. 필레이

나의 옹졸한 마음은 심판과 불행과 두려움과 함께 편안하다. 조화와 평온과 함께 불편하다. 나의 옹졸한 마음은 평화에 두려움을 가하려고 애쓴다. "여기에 네가 잊고 있는 게 없니?" 평화가 위험하다고 믿는 이유는 내가 공포가 가득한 경계로 보호받았기 때문이다. 하지만 공포가 아무도 보호하지 못함을 나는 수없이 목격했다.

Carpe Diem 오늘 나에게 쓰는 마음의 편지…

잘못된 일

우리 일생의 가장 결정적인 행동들은 숙고하지 않은 행동인 경우가 가장 많다.
−앙드레 지드

판단은 분열을 초래한다.

그리고 공포는 그것을 살찌운다.

Carpe Diem 오늘 나에게 쓰는 마음의 편지…

살아 있는 망각

**많은 사람은 바다처럼 이야기를 하지만 그들의 삶은 늪처럼 정체되어 있다. 또 어떤 사람은
산꼭대기 위로 머리를 치켜들면서도 그들의 영혼은 캄캄한 동굴의 벽에 달라붙어 있다.
—칼릴 지브란**

나는 거듭 과거를 돌아보며 만지고 수정한다. 최소한 통제력을 열망한다. 마찬가지로 앞으로 닥칠 대화와 사건을 연습한다. 하지만 결코 제대로 된 어휘나 영상을 끌어낼 수 없다. 꿈에서도 같은 결과를 얻는다. 만지작만지작, 호들갑호들갑 하지만 제대로 되지 않는다. 세상이 제대로 돌아가지 않음을 잊는다. 심지어 환상에서도.

Carpe Diem 오늘 나에게 쓰는 마음의 편지…

비겁한 질문

진실을 구해 인간은 두 걸음 앞으로 나서서 한 걸음 물러선다. 고뇌와 과실과 생에 대한 권태
가 그들을 뒤로 던져버리지만, 진실에의 열망과 불굴의 의지는 앞으로 몰아세운다.
—안톤 체호프

나는 영적인 노력을 피하고자 영적인 질문을 이용한다. 공포와 혼란은 나의 자아에서 솟는다, 진실이 아니라. 비록 내 질문이 당시에는 성실해 보여도 그것들은 좀처럼 진실을 포용하려는 어떤 충동도 반영하지 않는다. 꿈 심지어 꿈꾸는 과정마저 이해될 수 없기에 꿈꾸는 자는 반드시 깨어나야 한다. 나의 영적인 질문이 영적인 노력을 중단시킨다면 나는 반드시 내게 답할 수 있는 유일한 방법, 즉 내 생각을 진실로 되돌리는 방법으로 향해야 한다.

Carpe Diem 오늘 나에게 쓰는 마음의 편지…

무의미한 현재

지금의 나를 과거의 나라고 독단하지 마라.
—셰익스피어

마음속에서 나는 내 인생에서 손해를 봤던 때와 실속을 챙겼던 때를 계속 왕래하고, 다시 돌아간다. 나는 어떤 사건이 실속이 있었는지 어떤 사건이 상처를 줬는지 결정할 수 없다. 하지만 내 혼란 속에서 그것들은 모두 똑같고 그 때문에 과거가 나를 차지하고 있는 한 신의 현재는 무의미하다.

Carpe Diem 오늘 나에게 쓰는 마음의 편지…

존재하지 않는 시간

사람이 행복해지기 위해서 요구되는 단 한 가지는 과거의 다른 순간들과 현재를 비교하는
것을 그만두는 것이다. 과거에, 나는 미래의 순간들과 그것을 비교하고 있었기에 종종
흡족하게 즐거움을 느끼지 못했다.
-앙드레 지드

비록 과거가 흘러가고 미래가 아직 일어나지 않았다 해도 나는 현재 속에서 그 두 가지를 오용한다. 내가 과거를 처리하는 으뜸가는 방법은 방어적으로 생각하거나 죄책감을 느끼는 것이다. 내가 미래를 다루는 방법은 공포를 느끼거나 미래를 열망하는 것이다. 그런 식으로 나는 존재하지 않는 것을 현재 속으로 불러들인다.

Carpe Diem 오늘 나에게 쓰는 마음의 편지…

아픈 기억을 맞다

언제까지고 계속되는 불행은 없다.
가만히 견디고 참든지 용기를 내쫓아버리든지 둘 중 하나의 방법을 택해야 한다.
-로맹 롤랑

아픈 기억을 가까이 보기 두려워 마라. 그때 당신은 신과 함께, 다른 모든 이와 함께 함을 안다. 그것이 용의주도한 보기다. 얼싸안은 신의 두 팔을 그릴 때 회상은 더 완벽하고 진실하다. 고양된 정직함이 스스로 희생자나 가해자로 기억하는 걸 멈추게 허락한다. 신이 그곳에 있음을 알면 과거는 현재가 된다. 신은 늘 함께 있기에.

Carpe Diem 오늘 나에게 쓰는 마음의 편지…

함께 하소서

과거에 대해 생각하지 마라. 미래에 대해 생각하지 마라. 단지 현재에 살아라.
그러면 모든 과거도 모든 미래도 그대의 것이 될 것이니.
–오쇼 라즈니쉬

우리는 과거를 바꿀 수 없지만 그것을 대치할 수 있다. 과거가 발생된 시점에 신이 그 자리에 있었고, 그것이 우리의 유일한 과거다.

과거를 치료하고 미래를 진정시키기 위해 그냥 말하라. "과거는 나와 함께 있던 신이야. 현재는 나와 함께 있는 신이야. 미래는 나와 함께 있을 신이야. 늘 똑같아."

Carpe Diem 오늘 나에게 쓰는 마음의 편지…

사랑받고 있음을

하나님의 사랑을 알게 되면 그 사랑 안에 거하고 싶은 욕망 외에 다른 욕망이 일지 않는다.
인간의 모든 경험은 하나님의 사랑에서 비롯된다. 그것이 바로 하나님을 알아가는 길이다.
—헨리 나우웬

우리의 문화는 죄책감을 겸양으로, 후회를 미덕으로 가르친다. 하지만 그건 영적인 오만이 아닐까? 신이 우리 중 어느 누구를 착각할 수 있을까? 진정한 겸양 속에서 평화의 정지된 거울을 들여다보고 거기에서 당신의 초상을 보라. 신의 자애한 눈을 바라보고 당신이 사랑받고 있음을 알기를 두려워하지 마라.

Carpe Diem 오늘 나에게 쓰는 마음의 편지…

당신이라는 존재

주여, 나를 변화시켜주시고, 나를 통하여 이 어두워져가는 세상을 변화시켜주소서.
-윌리엄 부스

더 열심히 하지 않는 이유는 노력할 가치가 없다고 믿기 때문이다. 만일 당신이 신의 자식이라면? 세상의 빛이라면? 모든 고통을 감소하고 불행과 죽음이 가득한 세상에 기쁨을 가져올 수 있다면? 그렇다면 이웃을 용서하려고 좀 더 노력하고, 신의 상상 속에서 태어났음을 좀 더 오래 기억할까? 그럼 당신은 막 변명에서 벗어났다.

Carpe Diem **오늘 나에게 쓰는 마음의 편지…**

허우적허우적

인생은 탐구하면서 살아가는 것이 아니라,
살아가면서 탐구하는 것이다.
실수는 되풀이된다. 그것이 인생이다.
−양귀자 《모순》 중에서

나의 자아는 순환적인 생활을 통해 세상에 몰두해 있다. 나는 실수하고 그 속에서 허우적대고 그곳에서 배회한 내 새로운 실수에 죄책감을 느끼고 또다시 새롭게 허우적거린다. "봤지?" 자아가 속삭인다. "넌 영적인 걸 결코 배우지 못할 거야." 하지만 유일하게 배워야 할 것은 자아가 제 꼬리를 물려고 빙글빙글 도는 개라는 것.

Carpe Diem 오늘 나에게 쓰는 마음의 편지…

맛없는 뼈다귀

과오는 인간의 특성이다. 지나간 과오에 빠져 헤어나오지 못할 때 그 과오는 죄가 된다. 과오
는 죄악이 아니다. 그것을 죽을 때까지 끌고 가면 안 된다. 최대의 과오는 그것을
깨닫지 못하고 있는 것이다. 과오를 발견하는 즉시 그것을 뉘우치고 새 출발하자.
―F. 시루스

단 1초도 실수를 곱씹는 데 허비하지 마라.

그건 맛없는 뼈다귀다.

Carpe Diem 오늘 나에게 쓰는 마음의 편지…

실수가 요구하는 전부

죄 안에는 지배하고 정죄하는 능력이 있다. 죄의 지배하는 능력이 제거되면 정죄하는 능력
또한 사라진다. 우리는 우리의 죄가 하나님의 발에 밟힐 때 용서받음을 알고 있다.
−토마스 왓슨

바울은 기독교인을 죽이는 일을 도왔다. 예수는 바울에게 힘들었겠구나 하며 자신을 따르라 했다. 그를 심판하지 않았다. 또, 방탕한 자식을 둔 아버지도 아들의 '하늘을 거역한 죄'를 논하지 않았다. 신은 우리의 실수에 거하지 않는다. 우리가 무엇을 생각할지 신보다 많이 아는가? 실수가 요구하는 전부는 회개다.

Carpe Diem 오늘 나에게 쓰는 마음의 편지…

당신의 가치

그 누구도 당신의 동의 없이 당신을 열등하다고 느끼게 만들 수 없다.
-엘리너 루스벨트

당신은 신의 광명, 지극한 행복, 세상의 치료약, 신의 왕국의 사자, 천국의 평화의 재래. 당신은 근심 없이 행복하고, 자질 없이 환영받고, 방해 없이 평화롭고, 제한 없이 자유로운 것 외에 가치 없다. 개별적이라는 생각에 파생되는 무상한 선물과 전부를 바꾸지 마라. 가진 전부가 천박함이라는 믿음으로 당신을 만들지 않았다.

Carpe Diem 오늘 나에게 쓰는 마음의 편지…

당신 안에 있다

우리 모두는 시궁창 속에 있다. 하지만 그 가운데 몇몇은 별을 바라본다.
-오스카 와일드

왕국이 당신 안에 있기에 눈이 닿는 세상이 온통 아름다움과 평화다. 꽃과 눈[雪], 갓 돋은 날개의 부드러운 펄럭임, 부모의 다정한 키스 그리고 모든 것이 당신의 마음속에 안전하게 남아 있다. 그 어떤 것도 당신에게 유리되지 않았다. 한 그루의 약속의 묘목도 지상에서 당신의 걸음으로 짓밟히지 않았다.

Carpe Diem 오늘 나에게 쓰는 마음의 편지…

당신은 고독을 제외한 모든 것

나는 사랑을 찾아 헤맸다. 첫째는 그것이 황홀을 가져다주기 때문이다. 그 황홀은 너무나 찬란해 몇 시간의 이 즐거움을 위해 남은 생애를 전부 희생해도 좋다고 생각하는 일도 가끔 있었다. 둘째는 그것이 고독감(하나의 떨리는 의식이 이 세상 너머로 차고 생명 없는 끝없는 심연을 바라보는 그 무서움)을 덜어주기 때문에 사랑을 찾아다녔다. 마지막으로 나는 사랑의 결합 속에서 성자와 시인들이 상상한 천국의 신비로운 축도를 미리 보았기 때문에 사랑을 찾았다.
—러셀

자아에게 외로움의 반대는 다른 육체를 가까이하는 것이다. 그들이 제대로 된 육신을 갖고 있는 한 그들은 '너무 가깝지' 않고 당신이 원하는 대로 으갈 수 있다.

자아에게 신의 조화는 외로움이다. 왜냐하면 자아는 공간에서 형태로 그려지지 않고 거리로 보호되지 않는 어떤 것과 '일체'를 상상할 수 없으므로. 자아는 말한다.

"나는 나만의 공간이 필요해."

"나는 내 울타리가 필요해."

당신은 신의 기쁨이고 신의 기쁨을 영원히 팔랑거린다. 당신은 모든 공간을 채우고 거리를 초월하는 무한함으로 영역을 넓히고도 그곳에 도달하지 못한다. 그리고 당신이 이르는 곳마다 환영歡迎이 당신을 기다리고, 고향이 당신을 에워싼다.

아, 성스러운 아이여. 보호받고 사랑받으니 신의 조화 속에서 당신은 고독을 제외한 모든 것이다. 신은 사랑이 기에.

만일 네가 눈을 깜박인다면

인생은 자유로이 여행할 수 있도록 시원하게 뚫린 대로가 아니다. 때로는 길을 잃고 헤매기도
하고 때로는 막다른 길에서 좌절하기도 하는 미로와도 같다. 그러나 믿음을 가지고 끊임없이
개척한다면 신은 우리에게 길을 열어줄 것이다. 그 길을 걷노라면 원하지 않던
길을 당하기도 하지만 결국 그것이 최선이었다는 사실을 알게 된다.
—A. J. 크로닌

기뻐 날뛰는 아이는 흥분 속에서 길을 잃는다.

깡충거리며 입장해서 하나가 나타나면 다른 하나가

사라지는 바위를 딛고 하늘 속에 뒤덮인 별처럼

이 유일하고 완벽하고 영원한 섬을 피한다.

분노한 아이는 제 꼬리를 물려는 늑대의 유령

하나의 순환하는 어둠은 인생의 소멸하지 않는 불꽃의

이 불타오르는 순간을 생각하길 두려워한다.

잠자고 있는 아이는 조가비에 사로잡혀

한 마리 독수리의 생각이 지배하는 영상의 그물에 걸려
당신이 속한 하늘로 향하는 길을 잃었으니

아, 신의 후계자여. 고적함 속에서 비상하리라.
만일 네가 눈을 깜박인다면······.

왕국이 당신 안에 있다…

눈에 닿는 온 세상이 아름답고 평화롭다…

노 젓는 집

내가 산타 페에 살 때, 아이다호에서 3명의 청년들이 찾아왔다. 그들은 나에게 '기적의 과정'에 대해 물어보고 싶다고 했고 우리는 레스토랑에서 오찬을 했다. 그때 청년 가운데 한 사람이 일어나서 말했다.

"신이 당신에게 줄 전갈이 있는 것 같아요. 내가 화장실에 가서 그것을 가져오죠."

나는 아이다호에서는 어떤 식으로 양해를 구하는지 몰랐기 때문에 그냥 그런가 보다 하고 웃어 넘겼다. 잠시 후 그 청년이 돌아와서 말했다.

"신이 당신에게 전갈을 보냈어요. '네 배를 살살 노 저어 급류를 따라가라'입니다."

2주일 후, 아내가 나에게 말했다.

"여보, '저어라, 저어라, 당신의 배를 노 저어라'라는 노랫말이 영적인 것 같지 않아요?"

내 생각은 전혀 그렇지 않았고, 아내에게 그렇게 말했다. 그리고 다음에도 별로 그런 생각을 하지 않았다. 이제야 신은 내 관심을 얻었다.

저어라, 저어라, 노 저어라   우리의 인생은 모두 사분기다. 우리는 그 시작을 아는 것부터 나아간다. 이를테면 잠잘 때, 밥 먹을 때 등. 그 이유는 단지 재미있기 때문이다. 사실 성인들은 그 사실을 잊어버렸지만, 어린아이들이 우리를 집으로 이끈다고 하잖은가?

당신의   다른 사람이 아니라 꼭 당신의 배를 노 저어라. 왜 그럴까? 그건 우리가 모두 한배를 탔기 때문이다. 당신 자신을 치료하는 동시에 다른 승객을 모두 치료하라.

배를 당신은 배가 아니다. 그저 배를 노 저을 뿐이다. 육신은 물에 뜨는 장치다. 당신은 육신을 다루는 법과 당신의 노 젓는 기술 모두를 각성한 채 있고 싶어 한다.

살살 이 부분은 신의 작은 농담이다. 만일 당신이 급류 속에서 살살 노를 젓는다면 배가 움직일까? 그렇지 않다. 당신은 간섭받고 있지 않다. 하지만 뭔가를 하는 게 중요하다. 아주 다정한 몰두가 당신의 자아를 살그머니 차지하기에. 평화, 사랑, 무해함이 결합한 다정함이 노래와 영적인 길의 핵심이다. 심지어 당신이 급류를 거스른다 해도 살살 노를 저으면 여전히 옳은 방향 속에 있을 것이다.

급류를 급류가 가야 할 곳을 아는 이유는 강물이 사랑이기 때문이다. 신이 당신을 목말 태워 집까지 데려다주고 있다. 당신은 금전, 재치, 건강, 예쁜 얼굴이나 성공을 타고 여행하지 않는다. 당신은 신을 타고 간다.

따라가라 그저 당신의 목적지까지 계속 가라. 예상하지 마라. 기대하지 마라. 분발하지 마타. 강물이 굽이돌아 둑 가까이 있어야 한다고 말하지 마라. 강둑이 당신에게 다가오고, 하루의 일이 당신에게 오도록 감각을 전개시켜라. 다시 말해, 현재에 있을 때 당신은 해변에 있다.

즐겁게, 즐겁게, 즐겁게, 즐겁게 세 번 노 저을 때마다 네 번 즐거움이 온다는 사실을 알아차려라. 그건 133.3퍼센트의 이윤이다! 영적인 길은 당신을 행복하게 만드는 배움이다.

삶은 허망한 꿈이다 삶은 한낱 허망한 꿈에 불과하다. 만일 당신이 하나의 꿈을 지긋지긋하게 여기고, 그것과 싸우거나 경배한다면 당신의 마음은 꿈에 갇힌다. 하지만 부드럽게 꿈꿀 때, 꿈속에서 두둥실 흘러갈 때, 꿈을 꿈으로 받아들일 때 당신은 꿈에 수많은 즐거움을 주입한다. 단, 꿈속에 있는 건 당신이 젓는 배일 뿐 당신이 아니다. 즐거움은 각성한 상태다! 당신은 신의 위대한 즐거움의 광활한 바닷속으로 흘러들 테고, 그곳은 노 젓는 일에서 해방되는 곳이요, 신의 미소가 당신의 미소인 곳이다.

조금만 더 일찍 나를 알았더라면

초판 1쇄 인쇄 2012년 5월 22일
초판 1쇄 발행 2012년 5월 29일

지은이 휴 프레이더
옮긴이 오현수
펴낸이 한익수
펴낸곳 도서출판 큰나무
등록 1993년 11월 30일 (제5-396호)
주소 410-360 경기도 고양시 일산동구 백석동 1455-4   1층
전화 031-903-1845
팩스 031-903-1854
이메일 btreepub@chol.com
블로그 blog.naver.com/btreepub

값 13,000원
ISBN 978-89-7891-272-3 (13810)

잘못 만들어진 책은 구입하신 서점에서 교환해 드립니다

값 6,000원